暴食のベルセルク 4
Berserk of Gluttony

「今までありがとう。フェイトといて、
久しぶりに……本当に久しぶりに楽しかった」
「行く……な！
マイン、行くな！」

「お兄様……なぜです？
なぜ、このようなことを」
しかし、奴は
何も答えようと
しなかった。
赤い溶液を波立てながら、
それでも進んだ先で見たものは、
予想通りすぎて悲しくなる。
メミルの首筋から流れる血を
ラーファルが啜っていたのだ。

暴食のベルセルク
～俺だけレベルという概念を突破して最強～
④

著：一色一凛
イラスト：fame

GCN文庫

Contents

Berserk of Gluttony
4

Story by Ichika Isshiki
Illustration by fame

第1話　第四位階

ガリアで天竜と戦ってから、二ヶ月と少しの月日が流れた。

季節はとても寒い冬の真っ盛り。春はまだ先のようだ。

俺が今いる場所もまた雪が深く降り積もっており、到底馬車を走らせられる道ではない。

確か……この道の両脇にはぶどう畑が広がっていたはずだけど、どうやら雪の中らしい。

真っ白な平原と化した世界をひたすら進んでいく。

一度だけ、ここを訪れたことがある。あれは、ロキシー様に仕えていた頃だから、結構前のことになるか。彼女と一緒にぶどうの収穫をした場所も、どこなのかすらわからないほど、ハート家の領地は冬の厳しさをまざまざと感じさせる。

転々と建ち並ぶ家々を通り過ぎて、俺は一番大きな屋敷の前にたどり着く。

懐かしい場所だ。まさか、またここへやってこられるとは思ってもみなかった。

一つ、深呼吸をして、左手で大きなドアをノックする。

返事がない……。嫌な予感がして、鍵のかかっていないドアを開けると、使用人たちが大慌てで駆け回っている。普段はそのようなことをしない人たちなので、ただ事ではないのがわかる。

しかし、無断で屋敷に入ってきた侵入者である俺に、近くにいたメイドさんが声をかけてきた。

そして、顔を見るなり、驚いたように声を上げる。

「どうしたの？　あなた、フェイトよね。この間のぶどう狩りの折にロキシー様と一緒に王都から来ていたフェイト・グラファイトよね」

俺がただ一人でここを訪れたことに、メイドのマヤさんはどこか怯《おび》えているようだった。まずは、それを払拭する必要がある。話はそれからだろう。

「ロキシー・ハート様は、無事ですよ。ガリアでの任を終えて、直に戻られると思います」

それを聞いて、マヤさんはホッとするや否や、ではなぜあなたがここへ来たの？　という顔をしてみせた。

当たり前の反応だ。だから、俺は外套《がいとう》の中から、ある紋章を見せた。

「これは……どういうこと？」

「お見せした通りのことです。すみませんが、アイシャ・ハート様にお会いしたいのですが、よろしいですか？」

「それが……」

俺が見せた紋章でマヤさんの顔色が一変する。そのたいへん驚いた顔で、そのまま言《い》い淀《よど》んでしまった。

この屋敷の状況やマヤさんの態度で、すぐに察しはつく。

「容態が思わしくないんですね」

「……ええ。昨日の夜から、体調を崩されてしまって、お医者様はもう長くないと……」

「そうですか……」

「今は、ロキシー様へ知らせるために、馬の手配をしようとしている最中なのよ。だけど……」

外は、かなり吹雪いている。こんな状態で、馬を走らすことなど無謀だろう。

意気消沈するマヤさんへ、元気づけるように言う。

「大丈夫ですよ。そのために、ここへやってきたんです。アイシャ様との約束ですから」

「約束？」

「ええ、大事な約束です」

あれから、長い時間がかかってしまったけど、やっとここへ戻ってこられたのだ。

俺の有無も言わせない態度と、この紋章に気圧《けお》されたマヤさんは、俺をアイシャ様の寝室へと案内してくれる。

途中、行き交う使用人たちが立ち止まって、俺を見つめてくるが、今は説明している時間はなさそうだ。

マヤさんと共に寝室の中へ入ると、天蓋付きのベッドの上でぐったりとしているアイシャ様がいた。遠目からでも、一刻を争う容態だとわかる。

周りには、使用人たちと医者と思われるお爺《じい》さんがいた。

皆が、突然の侵入者にびっくりした表情を浮かべている。これは自己紹介しておくべきだろう。

「いきなりですまないが、時間がない。俺は、フェイト・バルバトス。剣聖アーロン・バルバトスから家督を譲り受け、バルバトス家の当主となったものです。これから、アイシャ様の治療を行います。少し離れてもらえると助かります」

俺はバルバトス家の紋章を皆に見せながら、アイシャ様が眠るベッドへ近づいていく。

その中で医者と思われるお爺さんが声を上げる。

「治療⁉ ありえん。今まで、考えられる限りの手は尽くしてきたんじゃ……じゃから……もう」

肩を落とすお爺さん。その肩にそっと手を乗せて、安心してもらえるように言う。

「可能です。この左腕を見てください」

「傷一つない腕が、何に関係しているのじゃ？」

「この腕は今から使う力で、元に戻したんです。ちょっと前まで腕なしだったんですよ」

「バカな……そんなことはありえん。ありえるはずは……」

そう言って、医者は俺がこれからやろうとしていることに不信感を募らせる。やはり厳しいか……。失われた腕を元に戻すことなんて、この世界の常識外だ。それを骨身に染みてわかっている医者だからこそ、ここまで信じてもらえないのもわかる。

しかし、ここで止まるわけにはいかない。もう、強行してしまおうかと思った時、アイシャ様が、意識を取り戻したのだ。

そして、虚《うつ》ろな目でありながらも、しっかりと俺を見つめてくる。

「……まあ…………フェイト。やっと来てくれたのね……嬉しいわ」

「はい、約束ですからね」

「じゃあ……あの時の……答えを聞かせてくれる？」

俺はそれに答えずに、

「その前に、おまじないをしてもいいですか？　アイシャ様が元気になれるように」

「…………もう……私は……。わかったわ……それが終わったら……答えを聞かせてね」

「ええ、もちろん」

本人の了承を得られたので、医者は何も言えなくなってしまったようだ。

では、早速。外套の下からグリードを取り出す。黒く端麗な杖《つえ》——第四位階だ。

これを使いこなすために、血の滲《にじ》むような鍛錬を重ねたのだ。鬼と悪魔……おっと間違えたマインとエリスに付きっきりで、指導してもらった。思い出したくもない、過酷なものだった。

あれに比べれば、アーロンとやった鍛錬の方が、まだマシだ。

「グリード、準備はいいか？」

『ああ、いつでもいいぞ。わかっていると思うが、いつものようにお前の全ステータスの40％をいただくぞ』

「安いものさ」

『ハハッハ、そうか。ではいただくぞ、お前の40％を！』

脱力感と共に、グリードは成長していく。あれほど美しかった杖は、禍々《まがまが》しく変貌していく。

見守る使用人たちが、慄《おのの》き腰を抜かすほどだ。マヤさんなんか、悲鳴を上げると頭を抱えてしゃがんでしまっている。

第四位階の奥義《トワイライトヒーリング》を発動させる。

この世界には回復魔法が存在しない。その理《ことわり》を破りし、外法。

発動には、全ステータスの40％を失うことと、ステータスがEの領域に達していることが条件だ。また、この奥義は死んだ人の蘇生はできないが、その他ならどのような怪我も病気も治せる。そして、対象の肉体的な損傷が大きいと贄《にえ》として捧げるステータスもその分増加してしまう。

だけど、これにはあり余る可能性があると思う。こうやって、大事な人の命を救うことができるのだから。

アイシャ様を中心に、赤い魔法陣が展開されて白き炎が燃え上がる。治療が始まったのだ。

癒やしの炎によって、みるみるうちに彼女の顔色は、良くなっていく。

最初は、おっかなびっくりだった使用人たちも、アイシャ様の様子を見てどこか安心したような表情を浮かべていた。

発動が終わった頃には、アイシャ様はすっかり元気になっていた。彼女は、自分の体の

いたる所を触って、何が起こったのか確かめているようだった。

そして、俺に向けて、ニッコリと笑ってくれた。

「頑張ってみるものね。このような不思議なことに出会えてしまうんですもの」

「そうですね、アイシャ様」

少しだけお互い笑い合った後、アイシャ様の方から、

「聞かせてもらえるかしら、あなたの答えを」

「……ロキシー・ハートには、あなたが必要です。ただ一人の肉親であるあなたが、彼女の行く先を見守るべきだと思います。だから、ここへ来ました。俺はあの時のフェイト・グラファイトではなく、今はバルバトス家当主、フェイト・バルバトスですから」

アイシャ様は何か思うところがあるような顔を見せたが、何も言うことはなかった。

別れの挨拶を済ませて、寝室を出ようとした時、声がかかる。

「このことを、あの子は知っているの？」

「いいえ」

「そう……」

寝室のドアを閉める時、「これは、きっとロキシーがとても驚くでしょうね。王都へ様子を見に行かないとっ！」という声が聞こえてきた。

もしかして、アイシャ様を元気にさせすぎてしまったかも……一抹の不安を覚えながら、屋敷を後にした。

来た雪道を戻り、丘にある一本の大木の下にいる待ち人と合流する。髪は雪と一緒の色をしていて、純白だ。幼い体なのに、不釣り合いな大斧《おおおの》を持っている。

彼女は、無表情な顔でやってきた俺を見つめながら言う。

「用事は終わった？」

「ああ、急いで来て正解だったよ。もう少しで手遅れになるところだった」

「そう、良かったね。なら行こう」

俺たちは王都を目指し、雪道を進む。向こうでは、エリスが先に着いている頃だろう。あまり待たせると、後で何をされるかわかったものではない。それに、行きつけだった酒場の店主にも会って、あの時言っていた良いワインを頼みたいしな。

第2話　回想の雪道

　王都セイファートへ向けての道中、俺たちは激しい吹雪に襲われてしまった。夜も更けてきており休憩も兼ねて、凍《い》てつく寒さから逃げるように、偶然に見つけた洞窟へと飛び込んだ。

　そこは人が五人は入れるような広さがあった。もしかしたら奥の方に獣か魔獣でも住んでいないかと警戒していたが、マインからそのような気配は感じられないと言い切られてしまった。

　だが、試しに黒剣を片手に、少し奥の方まで行っていた俺はあるいいものを発見してしまう。

　人が使ったであろう焚き火の跡だった。横には薪《まき》も残っている。

　もしかして誰かがここを拠点に獣の狩りでもしていたのだろうか。ありがたく使わせてもらおう。

「マイン……ほら、ここで焚き火をして暖まろう」

「わかった。ちょっと寒かったし」

俺は手早く置かれていた薪を燃えやすいように配置していく。よく乾いた薪だ。これならよく燃えてくれるだろう。

外は雪が降り積もっており、湿気《しけ》た枝しかなさそうだしな。

着火は、炎弾魔法を使うことにした。火が灯《とも》った時には暗かった洞窟の中が様変わりして、バチバチと燃える焚き火の音が聞こえ始める。ゆらゆらと炎は燃え上がり、俺たちを優しく照らした。

「ふぅ〜、暖かくなってきた」

「うん、でかした。冬は焚き火に限る」

ホッとした俺たちは各々の武器を洞窟の壁に立てかけた。

下は岩で冷たかったので、バッグから携帯用の毛布を一枚敷いて座っている。それに誘われるように、マインがやってきて俺に寄り添うように座った。

「ちょっとマイン、引っ付きすぎだよ」

「こうやった方がもっと暖かい。温々していい」

「もしかして、マインって寒がりとか？」

「むっ、私はそんな軟弱者ではない」

そう言いながら、更に俺に寄ってくるものだから、本当に素直じゃないなと微笑《ほほえ》ましく思ってしまう。

俺もこの方が暖かいし、マインに言えた義理でもないのだった。

しばらく、焚き火をぼーっと見つめていた。そして、満足そうなマインに目を向ける。

「なに？　どうしたの？」

すぐさま俺の視線に気がつくとは、流石《さすが》は強者《つわもの》だ。

「いや、マインには世話になってばかりだなって思ってさ。ほら、天竜との戦いの後もさ。いろいろあったなって」

「フェイト、まだまだ弱いから。私がついていないと、すぐ死んじゃいそう」

「それは……マインに比べたら俺はまだまだだけどさ。これでも頑張っているんだよ」

すると、珍しく彼女は俺を認めてくれるように頷《うなず》く。

「うん、フェイトは頑張ったと思う……思う」

おおおっ、褒められたぞ。なんて嬉しくなっていたら、マインはウトウトとしだしてそのまま眠ってしまった。

いつも、彼女は俺を安眠枕のように使っている気がしないでもないが……これだけ幸せ

そうに眠っているのだ。良しとしよう。

俺は焚き火にまた目を向けながら、ガリアでロキシー様のもとから去った後のことを思い返していた。


左腕を戦いで失った俺は、まずはそれを取り戻すために、マインとエリスから特訓を受けることになった。片腕が無い状況でなぜにそのようなことになってしまったのか？

それは天竜を倒したステータスを、グリードに捧げたことによって解放した第四位階。その魔杖を扱えるようにするためだった。もちろん、奥義のトワイライトヒーリングのことだ。

第四位階の奥義については、マインやエリスもよく知っており、俺の失った腕すらも治すことができるというのだ。

治療という話ではなく、無くなったものを復元するほどのものだから、「いやいやありえないでしょ」なんて言ったら、マインに物理的に叱られてしまった。

お尻をさすりながら、グリードに確認すると、偉そうに言われたものだ。

『嘘ではないぞ。だが、第四位階の奥義となれば、そうやすやすと使えるとは思うなよ。

天竜戦において土壇場で引き出せたような第三位階の奥義とはわけが違う。最低でも全ステータスの40％はいるしな。少なくとも今よりも第一位階の奥義の熟練度くらいは上げなければ話にならん。それにEの領域にも慣れてもらわなければな。この奥義はEの領域であることが必須なのだ！』

「頑張ろうね」

「じゃあ、行こう」

「どこへ、どこへ。ちょっと待って！」

有無を言わさず、俺は担がれてしまい、ガリアの奥地へと連れて行かれてしまった。

そこはガリアの最南端――オークのコロニー。道中、第四位階の解放で失ったステータスを得るために終わりなき魔物狩りをした後のこれなので、まだやるのかと心底げっそりしていると――

「ここなら、喰《く》い放題！　食べ物には困らないね。今の君ならEの領域を乗り切ったことで暴食スキルの耐久力も上がっているし。まずは喰らってステータスを上げては、第一位階の奥義ブラッディターミガンを心ゆくまで放ってもらおう。大丈夫、安心して、疲れたらボクが癒やしてあげるから！」

そう言ってエリスが投げキッスをしてきた。

「いらんわ！　そんなことよりもブラッディターミガンを撃ちまくるって、本当なのか⁉」

この状態であの脱力感を繰り返すなんて、考えただけでも恐ろしい。狼狽《うろた》える俺にエリスはあっけらかんと言う。

「嘘を言うわけないじゃん。ねぇ、マインからも言ってやって」
「さあ、あれ目掛けて撃って！　早く！」

指差すは迫りくるオークの軍勢――2000匹を優に超えている。

突然、コロニーに人間がやってきたものだから、怒り狂って巣穴からぞろぞろと出てきているのだろう。その数は増える一方だった。

こうなったらやけくそだ！　左腕が無いので右腕でなんとか黒弓を持つが……どうやって弦を引けばいいんだ？

「グリード、まずい」
『まったく……手が無いなら、魔力を使って弦を動かしてみろ。そのくらいならもうお前にもできるはずだ』
「おう」

黒弓に魔力を通して、それを弦へと集中させていく。そして弦を引くようにイメージすると、勝手に動き出した。

引かれた弦によって、魔矢が生まれて装填《そうてん》が完了する。

「なんとか、できた」

『まずまずだな。さあ、早く引かないとここらへんがオークで満たされるぞ』

慣れない方の手で黒弓を握って、またしても慣れない方法で弦を引くとは……。そして、このまま第一位階の奥義へ突入させる。

全ステータスの10％を黒弓に注ぎ込むと、体の力が抜けるような感覚と共に、それは禍々しく変貌していく。

一回り大きくなった黒弓の魔矢をオークたちに向けて放つ。しかし、グリードは大事なことを言ってくれなかった。

『忘れていたが、今回は俺が魔矢をコントロールして当たるようにしないからな。自分で何とかしろ』

「それを今言う⁉」

放った後は、いつものようにグリードが何とか補正してくれるものだと思っていたため、《ブラッディターミガン》はオークたちを掠めていくだけだった。

『下手くそ！』

「嘘だろ……」

俺の攻撃を見守っていたマインとエリスからもため息がこぼれた。

「あらら、フェイトはいつもグリードに頼りっきりね」

「そろそろ、自分の力で戦うことも知るべき。私のように」

マインはそう言って、黒斧スロースを優しく撫でていた。彼女の場合は、スロースがいつも眠っているので自分の力で戦うしかないような気もするが、今はそれどころではない。

『フェイト、次は当てろよ』

「わかっているって」

弓ってさ、今まで戦ってきたからひしひしと実感するんだけど……本来の扱いは剣の比ではない。

グリードが補正してくれていたから、好き勝手に扱ってこられただけなんだ。迫りくるオークたちを見ながら、痛感してしまう。

「こうなったら、やってやる！」

『当たるまで射ろ！　だが限りあるステータスのことを忘れるなよ』

それから俺の地獄の日々が幕を開けた。

日中はオークたちへ向けて《ブラッディターミガン》を放ちまくって熟練度を上げる。

そしてオークたちの進撃が止まったら、今度はエリスとマインが入れ替わりで、俺と手合わせをしてくれるのだ。それが終わった頃にはボロ雑巾のようになっていた。

休む暇など一切ない。フラフラになって眠ろうとするとエリスが魅了を使ってきて、俺の誘惑を始めた。精神鍛錬とか言っていたけど、本音はどうだかわからない。だがこんなことも言っていたっけ。

「あわよくばって、ところかな」

「エリスが言うと、それが本音か嘘かよくわからないな」

「えええええっ、感じ悪」

口を尖らせて、ブーブーと抗議をしてきて大変だった。ああ見えてエリスが世話焼きで、一ヶ月に及ぶ鍛錬の中で物資が少なくなると、わざわざ防衛都市バビロンまで買いに行ってくれていた。その際に、一言の文句を言っている様子すらなかった。

まあ、バビロンまでの往復を数時間でやってのけるのだから、それだけでかなりの実力者であることがわかる。俺との手合わせは、もしかしたら手を抜いてくれているのかもしれない。

「今日の見張りはマインだから、一緒に寝ようね！」

「また、魅了を使う気だろう」

「あったり！　もちろんよ。言っておくけど、これは大罪スキルから発生するものなの。つまり暴食の飢えには劣るけど、ボクの全力の魅了に耐えられるようになったら、少なくともロキシーに今の君が恐れていること……ロキシーを喰らいたいなんて衝動は抑え込めると思うの」

「マジで⁉　ならどんどん魅了してくれ！」

「アハハハッ、君のそういうところ、好きだよ。なら遠慮なく！」

すると、俺はくらくらしてきて鼻血を出してしまった。魅了全開とは、何と恐ろしいものなんだ。

「よしっ、後もう一押しだ。落ちちゃえ、落ちちゃえ！」

「負けてたまるか……くぅぅ」

俺は《ブラッディターミガン》で大量のステータスを消費して、魅了によって大量の血を失っていった。

そして一ヶ月が経《た》ち、降参の白旗を揚げるほどオークのコロニーが静まり返った頃には、《ブラッディターミガン》をグリードの支援無しで自在に扱えるまでになっていた。もちろん、エリスの魅了にも耐えられるようになった。

やっと俺は第四位階の奥義で失った左腕を元に戻すまでに、たどり着いたのだった。

「おめでとう、フェイト。もうボロ雑巾のフェイトだなんて呼べないね」

「うん、良かった。ボロ雑巾のフェイト」

『やったな。ボロ雑巾のフェイト』

「その呼び名はやめてくれ！　それにちょっと待ってくれ！　まだ腕は元に戻していないんだけど。気が早すぎない!?」

まだ黒剣から黒杖にすら、変えていないのだ。この人たち……長い年月を生きてきて、感覚がおかしくなってきているのではないだろうか。

とりあえず左腕だ。第四位階の奥義《トワイライトヒーリング》を試してやる。ステータスの方はオークをこれでもかというほど倒したのでEの領域に達していた。

俺は黒剣から黒杖へ形を変える。

「さあ、持っていけ。俺の40%を！」

『ではいただくぞ。使いこなしてみろ、フェイト！』

黒く端麗な杖が、俺のステータスを贄として禍々しく成長していく。先ほどとは打って変わってしっかりとした重さを感じるほど、大きくなった魔杖をじっくりと見た。これが回復の力を秘めているのか。

本当にグリードたちが言うようなものだろうか、試せばすぐにわかることだ。

俺の失った左腕を効果範囲とするように意識を集中する。

「いくぞ！　トワイライトヒーリング!!」

俺の足下に赤い魔法陣が展開されていった。そして、すぐに左肩の付け根に白い炎が出現した。

その再生の炎は、ゆっくりと下がっていく。後には、二の腕、肘、前腕……最後は手が復元されていた。

元に戻った左手を握りしめたりして、感触を確かめる。間違いない、違和感なく治っている。

『どうだ、フェイト？』

「ああ、左腕があるっていいことだな。ありがとう」

『これでまともに黒弓を引けるというものだ』

そして、ここまで付き合ってくれた彼女たちにも頭を下げる。

「マイン、エリス。ありがとうございます！　この通り、完全復活しました」

「うんうん、これで一先《ひとま》ずってところね」

「これで帰れる」

「そうだね」

一ヶ月に亘《わた》って野宿していた俺たちは、そろそろ柔らかなベッドを欲していたのだ。

三人一緒に帰るものだと思っていたら、エリスが一旦ここで別れることになった。どうしてもやらなくてはならない用事があるのだと言う。

「また一ヶ月後に王都セイファートで会おう」

「ああ、セイファートで」

残された俺とマインは、帰りにガリアの首都だった廃都を見るために寄り道をした。マインがどうしても見たいと言ったからだ。

初めて見た首都は、大昔に人がいなくなったというのにしっかりとした形を残していた。雲まで届くほどの高い建物が並び、その間をロックバードという怪鳥が優雅に飛んでいた。

滅びた都市をマインが何も言わずにじっと見つめていたのが印象深く記憶に残っている。俺はただ彼女がこちらを向くまで待つだけだった。

満足したマインと共に、北上をして防衛都市バビロンが見えてきたが、そのまま進んだ。今あそこへ寄ってしまえば、きっとロキシー様に会ってしまう。そんな気がしたからだ。

そして、俺の目的地は決まっていた。アーロン・バルバトスが待つ、復興中のハウゼンだ。

俺たちは休息を取ることもなく、一気にハウゼンまで駆け上がった。マインも俺と同じ気持ちだったようで、アーロンに早く会いたがっているように見えた。じゃなければ、途中の都市で休憩したいと言ってきたはずだ。

転がり込むようにたどり着いたハウゼンは、まだまだ復興半ばといった感じだった。

すでに魔力の気配で、俺とマインを察知していたアーロンに手厚く迎えられたのは言うまでもない。彼は心の底から再会を喜んでくれていたようで復興で物資も少ないというのに、帰還パーティーをわざわざ開いてくれた。

そこで思いもよらないことを告げられる。なんと、俺を養子に取りたいというのだ。しかも当主にだ。

最初は断っていたのだが、「爺《じじい》の死ぬ前の最後の頼みだ」と言われては断ることも難しくなった。そして、バルバトス家の当主として好きに生きろとも言われた。

ハウゼンを冠魔物である【死の先駆者】リッチ・ロードから解放するために、共に戦ったことを大きく買ってくれているみたいだった。

俺は引き受けるために一つの条件を出した。それは王都にいる聖騎士たち（ハート家以外）と対立するかもしれないことだ。俺は彼らのやり方に全くもって賛同できないからだ。

すると、アーロンは言った。

「好きに生きろと言ったはずだ。構わん。フェイト・バルバトスがそれを願うならな」

そこまで言われては、俺の答えは決まってしまった。

当主となってからは復興のため、アーロンと一緒に汗を流したりした。たまに眠たそうな顔をしたマインが手伝ってくれることもあったりと平和な時間が流れていったと思う。

俺の知り合いがハウゼンを訪れてびっくりさせられたり、アーロンが新たな力に目覚めていたりといろいろだ。

ずっと、ここにいてもいいなとも思ったけど、あれから一ヶ月が経とうとしており、エリスとの約束がある。アーロンも王都へ用事があると言うので、復興は信頼できる他の者へ任せて三人で向かうことになった。

だがその途中、嫌な胸騒ぎがしてマインと一緒にハート家の領地にやってきたのだ。


俺は思い返すのをやめて、弱まってきた焚き火に薪をくべる。

少し寒くなってしまったのだろうか、スヤスヤと寝ていたマインが身じろぎをして、俺の膝上に収まった。

洞窟の出口から見える吹雪も弱まってきたようだ。夜が明けたら、すぐにここを出よう。

第3話　黒の騎士

王都セイファート……俺はとうとう戻ってきてしまった。

だけど、果たしてこれで良かったと言い切れるのか……曖昧なままだ。

「どうした、フェイト」

お城の廊下を俺と共に歩くアーロンが声をかけてくる。彼からバルバトス家の家督を譲り受けた。その報告をこの国を治める王へするためだ。

だから、今俺たちはお城へ来て、謁見の間へ行こうとしている。

ここへ来る前に、お城への正門をくぐった時、何とも言えない気持ちになったものだ。

相変わらず門番は聖騎士ではなく、日雇《ひやとい》の持たざる者たちを使っていた。彼らは一様に死んだ魚のような目をしている。そして、顔などに裂傷を負っていた。

未《いま》だに、聖騎士による悪行は続いている。

俺が正門に近づくと彼らは恐れおののき、身をすくめる。そう、俺もまた彼ら……持たざる者たちにとって、脅威の対象と成り果ててしまっていたのだ。

そのことが、ひどく虚しい。

俺も持たざる者だったから、その気持ちは痛いほどわかってしまう。だからといって、すぐに何かができるわけでもない。

俺はそれらを振り払いながら、アーロンに返事をする。

「いいえ、何でもないです」

「そうか……」

そう言いながら、アーロンは俺の髑髏《どくろ》マスクをじっと見つめてくる。

彼は、俺がこのマスクを使って顔……正体を隠蔽《いんぺい》することをよく思っていないようだ。

これから王様に謁見しに行くのだから、普通の反応だろうとは思う。

認識阻害機能付きのマスクを被《かぶ》り、正体不明な俺を本当に王様に会わせて良いものやらと、ついこの間まで、頭を抱えていたものだ。しかし、これはロキシー様にちゃんと面と向かって話せる自分になれるまでは、この髑髏マスクを取らないと決めているからだ。そこだけは譲れなかった。

今も見ているアーロンに俺は言う。

「このマスクは取りませんからね」

「わかっておるわ。だがのう……」

「では、お先に」

「お主が先に行ってどうする⁉　わかった、そのマスクのままでいいから、待たんかっ！」

首根っこを掴《つか》まれて、後ろに追いやらてしまう。さて、遊びはここまでだ。

たどり着いた先には、これ見よがしに大きな扉があった。金銀に装飾されてとても重そうで、きらびやかだった。まさに王がこの先にいる、そう思わせる迫力があった。

アーロンは俺を横目で見ながら確認を取ってくる。

「準備は良いか？」

「ええ、いつでも」

そう言うと、なぜかアーロンがニヤリと笑ってみせた。

「ガリアで何があったかは知らぬが、なかなか言うようになったではないか。では入るぞ」

中へ入ると、真っ赤な絨毯《じゅうたん》が玉座へ向かって敷かれており、それを挟んで向かい合うように、聖騎士たちが立ち並んでいた。

なかなかの威圧っぷりだ。皆がわざわざ、バルバトス家が復帰すると聞きつけて、この場にやってきたようだ。それとも、王からのお達しがあったのか……まあ、それは俺にとってはどうでもいい。

わかるのは、一様にアーロンが連れてきた男……つまり俺が一体どういう人間なのか知りたいようだ。聖騎士たちの視線が俺に釘付けだから、痛いほどわかってしまう。

当の俺は髑髏マスクを付けているので、認識阻害の機能によってどこの誰なのかはわかるはずもない。

にわかにざわめく聖騎士たちの横を通り過ぎながら、玉座の前まで歩み、そして膝をつく。目線の先の玉座は薄い布によって締め切られており、王様がどのような顔をしているのか、性別すらわからない。

その幕の前には、王様を護《まも》るために二人の騎士が槍《やり》を持って立っている。頭から足先まですべてを隠す真っ白な甲冑《かっちゅう》は、何だか異質なプレッシャーを感じてしまうほどだ。

アーロンはしばし頭を下げた後、王様へ今までの謝罪を述べた。そして、バルバトス家の今後を話して、俺の紹介を始める。

「この者が、跡を継ぐ……フェイト・バルバトスです。まだ、十六歳と若輩者ですが、なかなかの……いや、かなりの使い手ですぞ。なんせ、ガリアの生きた天災である天竜を倒して見せたのですから」

俺がアーロンに名前を言われると同時に頭を下げていると、聖騎士たちの方から失笑が聞こえてきた。たぶん、俺が天竜を倒したという部分に反応したのだろう。

彼らの常識の範囲内で倒せるはずのないものを倒したとアーロンが言ってしまったので、信じることができない聖騎士たちは、笑うしかなかったみたいだ。

挙げ句の果てには、王の御前だというのに、アーロンが隠居しすぎて目が曇ってしまったのではないかと野次を飛ばす者まで現れる始末だ。

そして、俺が挨拶する間も与えずに、一人の聖騎士が玉座へ繋《つな》がる赤い絨毯の上に踏み込んだ。

ん!?　こいつは確か……見覚えがあるぞ。ああ、以前にガリアに向かう折に立ち寄ったランチェスター領を治める聖騎士だ。あの時はマインによって空の彼方へ飛ばされていたが、どうやら生きていたみたいだ。

ランチェスターなんとかさんは、王様に向かってとんでもないことを物申す。

「そのような嘘を吐《つ》く者を王都の聖騎士に迎えられません。どうか、私めに、この者の化けの皮を剥がす役を」

あれだけやられて、まだこんな威勢があるのなら、ダメージは大したことがなかったのかもしれない。

幕の向こう側にいる王様は何も返事をしなかった。そして、王様を護る白騎士も微動だにしない。それをいいことに、ランチェスターは了承されたと受け止めてみせる。

嫌な笑みを浮かべながら、まさかの行動に出る。おいおい、ここは謁見の間だぞ。やりたい放題にも限度があるだろうに……。

そう、帯剣を引き抜いたのだ。

見かねたアーロンが口を開こうとするのを、俺は手で制してみせる。

「まあ、この方がいいかもしれません。あの人たちには最も理解しやすいでしょう」

それを聞いたランチェスターは甘く見られていると思ったのか憤慨《ふんがい》し出す。

「わかっていないようだな。私はルドルフ・ランチェスター……五大名家の一角であるぞ。どうだ、わかったか！」

「それより、さっさと始めてもらえますか？　その引き抜かれた聖剣がお飾りではなければ」

「きさまっ」

大きく振りかぶった聖剣が、俺の首筋に向かって進んでくる。

遅い……遅すぎる。なんて、雑な軌道を描く斬撃なんだろうか。あと、踏み込みも甘いな。

俺は躱《かわ》すことなく、ノーガードでその斬撃を受け止めた。

ランチェスターは首筋に届くまで、余裕に満ち溢《あふ》れた顔をしていたが、一変する。

なんせ、己の攻撃は全く通用しなかったからだ。

「バカな……これは……そんなはずはないっ！」

その後も、執拗に俺に攻撃を加えるランチェスター。だが、結果は同じだ。

Eの領域。

この絶対的なステータス格差によって、俺とランチェスターとの間には、別次元と言っていいほどの力の距離がある。

Eの領域のステータスを持つ者を傷つけられるのは、同じEの領域の者だけなのだ。それを持たないランチェスターには、どんなに俺を攻撃しようとも、届くことはない。

それは天竜が生きた天災と呼ばれる由縁でもあった。

「くそっ、こうなったらその正体を見せてもらうぞ」

王の御前で失態を見せたランチェスターは焦って、ご丁寧にも鑑定スキルを使うぞと宣言してみせる。

むざむざと、俺のステータスを見せる理由もないので、ランチェスターの眼球運動を見極める。鑑定スキルを発動する時には、特定の目の動きをするからだ。

俺は発動に合わせて、魔力を発散する。これはアーロン直伝の鑑定スキルを無効化する

技だったが、

「ギャアアーーーッ」

聞こえてきたのは、ランチェスターの悲鳴だった。彼は両目を押さえて赤い絨毯の上に屈した。

俺の放った技は、本来なら相手の視力を一時的に奪うものだったが、Eの領域に達した魔力がそれだけでは許さなかったようだ。

ランチェスターの両目が吹き飛んだのだ。

俺はそれを見ながら、黒剣を引き抜く。まだ終わってはいない。

ランチェスターが俺を試したように、今度は俺がランチェスターを試すのだ。

第4話　変われない場所

俺の殺気を感じ取ったランチェスターは聖剣を捨て去り、縮こまる。あれほど、大見得を切っておいてなんてざまだ。

「それでも、五大名家の一角ですか」

「待て！　よくわかった、だから」

「駄目ですよ。騎士は騎士らしくしていただかないと、示しがつきません」

目を失って、恐怖で怯え出すランチェスターを見ているだけでも、辟易《へきえき》してくる。持たざる者たちへは、目を覆いたくなるような仕打ちをしておいて、いざ自分がそうなったら、こうである。

これ以上の醜態を眺める趣味もないので、俺は黒剣グリードをランチェスターへ向けて振り下ろす。

「嫌だ……やめろォォォォオォォォッ」

ランチェスターの悲鳴と共に、命を絶つはずだった斬撃――持たざる者たちを迫害する聖騎士たちへの宣戦布告は、甲高い金属音を放ちながら止められてしまう。

それは白き槍だった。ランチェスターの首元ギリギリで、割り込んで黒剣の進行を見事に防いでいる。本気で力を込めていたわけではないが、それでもこれをやすやすと止めてみせるとは、この白騎士……かなりの使い手だ。

更に、もう一人の白騎士が俺の首筋に槍を突き立てている。そして、その槍先は僅かに俺の皮膚を切り裂いている。

静かに赤い絨毯に落ちる自分の血を眺めながら、俺は黒剣グリードを収めた。

この白騎士たちは、俺を傷つけることが可能――つまり、同じEの領域にいると証明している。

この一件を息を呑んで見守っていた他の聖騎士たちが、どよめき始めた。

内容は、俺に五大名家のランチェスターが何もできずに負けてしまったこと。そして、そんな俺が白騎士によって、いとも容易《たやす》く止められてしまったことなどだ。

動揺を振り払うように、白騎士の一人が槍の石突で床を叩く。その音で聖騎士たちは一瞬で静まり返った。聖騎士たちの青ざめた顔を見るに、白騎士たちの実力を見たのは初めてのように思える。

ランチェスターはと言えば、王様の側近たちに助けてもらえたと周りの声で察したらしく、怯えていたのが一変してしたり顔で、俺に向かって言ってくる。

「バカがっ、見ろ！　王様は俺を助けたぞ。どこの馬の骨とも知れないお前のような下賤《げせん》……………へっ⁉」

俺を威勢よく罵倒していたランチェスターだったが……思わぬところから、戒めを受けてしまう。

自分を助けてくれたと思っていた白騎士たちである。二人は、ランチェスターの片腕を右と左と分け合って、突きを落としたのだ。

そして、ランチェスターが悲鳴を上げる暇も与えずに、二人して心の臓に槍を突き立てたのだ。

宙に持ち上げられて、他の聖騎士たちにその死を見せつけるように掲げた後に、槍は引き抜かれた。ドシャッという音がして、赤い絨毯が更に赤く染まっていく。

今までこんな状況に立ち会ったことがないような驚きを見せる聖騎士たちに向けて、白騎士の一人が口を開く。それは、男の声とも女の声とも思えてしまうような中性的な声だった。

「席はこれで空きました。異存はないですね」

おそらく、ここで異存があるなんて言って、前に出てくれれば、また血の雨が降ることだろう。

それほどまでに、白騎士の声色には背筋がゾッとするほどの冷たさが込められていたからだ。

誰一人として、物申さなかった。それどころか、青ざめた顔をして絨毯の上で横たわっているランチェスターを眺めていた。

無言の答えを受け取った白騎士たちは、悠々と元の位置へ戻っていく。

すると、その向こう側で玉座に座っている王様が手を叩き出した。薄い布によって姿がはっきりと見えないが、この一件をお気に召したようだった。

その様子を受け取った白騎士たちは、俺に声をかける。

「王様もあなたを歓迎されています。良き働きを期待していますよ」

俺は跪《ひざまず》いて、頭を下げる。そして、顔を上げると白騎士は話を続けた。

「おや？　その顔は……何か、言いたいことでもあるのですか？」

「新参者で恐れ多いのですが、一つだけお願いがあります」

「言ってみなさい」

静まり返った謁見の間。横にいるアーロンや他の聖騎士たちが俺に視線を送り、何を言うのか、聞き逃さないようにしているようだった。

これから言うことは、アーロンにも相談していなかったことだ。きっと、前もって言えば、慎《つつし》むようにと反対されただろう。

それでも、ここに来るまでに見た王都の変わらない現状……それを見てしまえば、言わずにはいられなかった。

「王都にいる持たざる者たちを、我が領地に受け入れさせてもらえないでしょうか？」

言うやいなや、アーロンが目を見開いて何かを言いかけたが、優しく笑って口を閉じた。お前がそうしたいのなら、そうすればいいということだろう。復興途中のハウゼンには人が必要だ。それに、今ハウゼンにいる人たちは行き場を無くした者――つまり、持たざる者なのだ。

有用なスキルを持たないといっても、何もできないわけではない。時間をかけて技術を己の力で習得すれば、生産系スキルを扱う者と近い仕事ができると俺は思っている。問題は今の体制では、持たざる者たちにそのような機会が与えられないことだ。

これがどう芽吹くかはやってみないとわからないが、まずは人手が必要だ。

だから、あえて人材の確保を王都から始める。これには大きな意味があると思う。

もし、この持たざる者たちの受け入れによって、バルバトス領が繁栄すれば、他の聖騎士たちの領地にいる持たざる者たちを呼び込める可能性を秘めているからだ。そうそう、トントン拍子に広がっていくことは難しいだろうが、試してみる価値はある。

だからこそ、まずは始めの大きな壁を取り払う。王都にいる持たざる者たちは、王様が直接管理する民でもある。その民を寄越《よこ》せと言っているようなものだ。アーロンが目を丸くするのは当たり前だろう。

俺が出したとんでもない要求に、白騎士たちですら驚いていたようだった。しかし、王様は何も言うことなく玉座に座っていた。

無言の時がしばらく流れていく。俺は、もしかして駄目なのかな……なんて思いながら待ち続けた。そして、王は僅かに頷いてみせた。つまりは……これって⁉

王様の行動を察して、白騎士たちが口を開く。

「王様の許可が下りました。王都にいる持たざる者たちを、バルバトス領に受け入れることを許しましょう。復興するための人材として有用に使いなさい」

「ありがとうございます」

俺が頭を下げながら横目で見る。するとアーロンも同じように頭を下げながら、俺にだけ見えるように軽くウインクしてくる。初めは驚いていたけど、なんだかんだでアーロンもそれが良いって思ってくれたようだ。

ピリピリとした王様への謁見が終わり、長い廊下を二人で歩いていると、アーロンが俺に話しかけてくる。

「肝が冷えたぞ。まさか、顔合わせでいきなり王様に向かって、あのようなことを言ってのけるとはな」

「人材の確保は優先事項だったわけですから。それに……いえ、これは俺の私情です」

「そうか……」

アーロンはそう言うと何やら思い返すような素振りを見せて、

「のう、フェイト」

「何ですか？」

「ルドルフ・ランチェスターのことだ。止めが入らなければ、あれを斬っていたのか……」

少し……悲しそうな顔をしながら言ってくる。

俺はその答えは返さなかった。だけど、その代わりに、

「あいつが言ったように、俺は下賤なのでしょう。聖騎士となっても、それだけは失いたくはないと思っています」

「フェイト……」

「さあ、屋敷に帰りましょう。長年使っていなかったので、いたる所がホコリまみれで掃除をしないと！」

「ハハッハ、そうだな。では急いで帰ろう、彼女を怒らせては怖いしな」

あの雨漏りまでしてしまう屋敷。たぶん、マインがイライラしながら、俺たちの帰りを待っていることだろう。

それにしても、先ほどの謁見の間にはよく知った顔の聖騎士がいなかった。ロキシー様ではない。彼女はまだガリアから王都へ向けて帰還している最中だろう。

俺の元雇用主であるブレリック家だ。次男のハドは俺がこの手で殺した。残る長男ラーファルと末の妹メミルの姿がなかったのだ。

ハドから得た情報では、東方にある山岳都市に出かけていると言っていたけど、まだ帰ってきていないのかもしれない。ラーファルはとてもずる賢い男だ。

屋敷へ向けて帰る道中、奴の動向が気になって仕方なかった。

第5話　のんびり休息

お城から、聖騎士区へ入った俺とアーロンは、バルバトス家の屋敷へ向かい……そしてその前に立っていた。

いつ見ても、お世辞にも綺麗とは言えない。大きさだけは立派なものなんだけど……。建物の壁には蔓《つる》科の植物が好き放題に伸びているし、昔は素晴らしかったのだろうと思われる庭は、ジャングルになっている。あそこには何かしらの生態系が形成されていても、おかしくはないだろう。

ハート家で庭師見習いをしていた俺としては、あんな庭を放ってはおけないところだ。今日のところは屋敷の中を掃除しないといけないので、あの草木がボーボーの庭を手入れするのは我慢するしかない。

錆びた屋敷への門を開けようとして、チラリと横目でお隣さんを見る。バルバトス家の屋敷と同じくらいだが、隅々までに手入れが行き届いていて素晴らしい。

まあ、以前は俺もあそこの手入れをしていたんだから、よくわかっている。そう……お隣さんはなんと、ハート家だった。

知った時は俺は酷く動揺したものだ。まさか、バルバトス家の屋敷の隣が、ハート家……ロキシー様の屋敷だなんて、誰が予想できようか。庭師見習いをしていた当時、隣の屋敷を見ては汚い庭だなと思っていたくらいだ。あの時は屋敷の使用人として、あれこれと覚えることが多すぎて大変だったので、そこまで知ろうとしていなかった。

くっそ、知っていれば、心の準備ができていたのにっ！

ガリアでロキシー様へ向けて、あんな手紙を残しておいて、どんな顔をしてお隣さんになればいいいんだよっ！

もう、これは……この髑髏マスクを取れないな。ってか……取りたくない。

俺が悶々としながら、錆びた門を開けたり閉めたりしていたら、後ろにいたアーロンに叱られてしまった。

「入るのか、入らんのか、どっちなのだ？」

「入りますよ！　入りますから!!」

でもな……思わず、開けたり閉めたりしてしまっていると、アーロンが俺の肩に手を置いてきた。

「どうした、悩み事か？　いつも屋敷の前に来ては、同じことをやっておるぞ」

「ハハッハ、まさか……」

そう言ってみたが、アーロンは何かを得心した顔をして言う。

「なるほど、わかったぞ。フェイトがちらちらと見ておった先は……ハート家だな。あそこはロキシー・ハートという若い娘が家督を継いだからのう」

そして、にやりと笑ってみせる。えっ……まさか、バレちゃったのか。しまった、ちらちら見すぎたかっ⁉

流石、剣聖だ。何たる洞察力。などと感服していると、

「ハウゼンを復興している時に、ガリアに向かうロキシーと出会ってな。いろいろと手伝ってもらったのだ。そのお礼に、剣術の手解《てほど》きをした仲でな。なかなか筋が良かったぞ。フェイトも五大名家の一角である若き聖騎士が気になっておるのだな。今度、一緒に挨拶がてら手合わせに参ろう！　お主も戦いたくてウズウズしておるのだろ？」

おっと、俺の勘違いだったようだ。アーロンは、いつも戦闘大好き！　語るなら、口ではなく拳派だ。

挨拶がてらバトルしようぜって発想は、俺にはない。

そういえば、ガリアでロキシー様に手合わせを強制的にさせられたな。そう思うと、聖

騎士自体が好戦的なのかもしれない。あまり考えたくない話である。

俺はホッとしながら、門を開けて中へと入る。屋敷への道は、草木一本生えていない。なぜなら、アーロンが草刈りは面倒だと聖剣技――アーツ《グランドクロス》で根こそぎ吹き飛ばしたからだ。

俺の仕事（庭の整備）がまた一つ増えた瞬間だった。なぜあの時にアーロンを止められなかったのか悔やまれて仕方ない。

戦場の跡のような荒れ地を進み、屋敷のドアを開ける。

すると、黒斧が飛んできた。

「あぶねーっ⁉」

俺とアーロンはギリギリのところでしゃがんでそれを躱す。黒斧は地面に落ちると同時にそこを深くえぐる。おおおおっ、庭が……庭が……何てこった！　皆、庭を大事にしてくれよ！

黒斧の持ち主が不機嫌そうなオーラを放ちながら顔を出す。

「遅い」

白い髪に、瞳は忌避《きひ》されるくらい赤い。屋敷に居候している憤怒の少女――マインだ。

彼女とはそれなりの付き合いがあるので、あの無表情な顔を見ても、怒りのレベルがなんとなくわかってしまう。おそらく、怒りレベル2といったところか。

そして、理由は大体予想できる。俺が聞くまでもなく、マインの方から言ってくる。

「お腹《なか》が空《す》いた」

うん、そうだろうな。俺とアーロンが朝から屋敷を出ていて、帰ってきたのは昼を大きく過ぎている。マインはその間、ずっと腹を空かせて待っていたということになる。

「こんなことなら、付いていけば良かった。城で食料を調達できたのに」

調達⁉ 我が物顔でお城を闊歩《かっぽ》して、食料を強奪していくの間違いだろう。そして、邪魔する奴は黒斧でぶっ飛ばすんだ。絶対にそうだ！

良かった、マインを連れて行かなくて、本当に良かったよ。それにマインは誰かに頭を下げるなんてしないから、謁見の間に一緒に入ったら、不敬罪に問われて大変なことになっていただろうし。マインはアーロンとは違った意味で、バトルしようぜだからな。

まあ、俺もお腹が空いていることだし、どうしようかな～。保存食は少しだけあるけど、王様との謁見も済んだことだし、屋敷の掃除の前にパーッと外食もいいかもしれない。

うん、そうしよう。なら善は急げだ。

そのことをマインとアーロンに伝えると、二つ返事でそうしようということになった。

だけどマインには一つ条件を付ける。黒斧をここへ置いていくことだ。これで、少しは大人しくなるはず。

　奇跡的にマインはしぶしぶ言うことを聞いてくれたので、俺は安堵《あんど》しながら、馴染みのお店を目指すことにした。

　それにしても、エリスはどこに行ってしまったのだろうか。すでに王都に着いているはずだ。俺たちが着いたら、バルバトス家の屋敷で合流しようと言っていたのに全く連絡がないのだ。

　同じ大罪スキルの気配をグリードとマインと一緒に探ってみてもわからない。マインが言うには気配を絶っているようだというので、俺たちに言えない何かをしているのかもしれない。

　不安を覚えるが、彼女はとても強いので、一人でも大丈夫だろう。

　だから、今は俺のできることをしながら、彼女が訪ねてくるのを待つだけだ。

＊

　やってきたのは、一流の店とは程遠い、どこにでもある酒場だ。中は、お昼時を過ぎているので、客もまばらだった。

俺はマインとアーロンを引き連れて、カウンター席に腰掛ける。

ここは俺のいつも座っていた席だ。どうやら、手向けの花とかは飾っていないから、まだ俺の死亡判定はされていないようだ。

俺につられてマインが横に座り、その隣にアーロンが腰を下ろす。

「フェイトよ、なぜテーブル席に座らんのか？」

「すみません。ここが落ち着くんです。テーブルがいいのなら、そちらに移りますけど」

「気になったから聞いただけだ。お主に任せる」

アーロンはそう言って、店のメニューを見始める。マインはといったら、最初から俺に任せっぱなしだ。メニューすら見ていないし。

そんな俺たちのもとへ、この酒場のマスターがやってくる。だが、彼は顔が少々強張っていた。

ああ、そうか……ここに入ってきた時から、他の客の反応も似たようなものだった。

理由は簡単で俺とアーロンだろう。聖騎士がこのような一般の酒場を利用することはないのだ。それが、カウンターに座っている、それだけでマスターを怯えさせてしまったみたいだ。

だから俺は髑髏マスクを外して、マスターに素顔を見せた。今はもう、この髑髏マスクは素性を隠すために着けてはいないのだから。

「お久しぶりです」

「おおっ、フェイトか⁉　えええええっ、どうしたんだ⁉」

マスターは持ってきていた水の入ったコップを落としながら、俺へと詰め寄ってくる。

詳しいことは話せなかったが、かいつまんでバルバトス家の養子になったことを伝える。

それを聞いたマスターは、仰天しながらアーロンの顔を食い入るように見る。

次の瞬間、その場に深々と跪いた。

「うああああぁっ、聖騎士様であるとわかっていましたが、まさか……アーロン・バルバトス様でしたか」

「そのようにかしこまることはない。今はただの客として来たゆえ。他の者と同じように扱ってくれて構わん」

「ですが……」

気まずそうにするマスターに苦笑いしながら、アーロンはメニューを見ながら注文していく。

マスターは、ひたすらたじたじになりながら注文を受けていった。大丈夫だろうか、頭から変な湯気が出ているように見える。いつも俺をからかっていたイタズラ好きの彼とは別人である。そして、ちょっと可哀相《かわいそう》でもある。

未だ緊張が解けないマスターに、俺はマインの分と一緒に注文をする。この店は魚が美味《おい》しいので、これで決まりだ。

しばらくして料理を持ってきてくれたマスターの手には、一本のワインが握られていた。

「君へのお祝いだ。なにがあったか詳しくはわからないが、儂から出世祝いだ。約束しただろ、今度は上等なワインを出すと」

「そうでしたね」

ガリアへ向けて王都を出る折に、マスターから安物のワインを貰った。その時に、戻ってこられたなら良いワインを飲むと約束したのだ。まさか、覚えてもらえているなんて思ってもみなかった。

香りの良いワインが、なみなみと四つのグラスに注がれていく。マスターはまだ、アーロンに緊張しているようだが、今度は作り笑いではなく、本当の笑顔で祝ってくれる。

「フェイトの帰還に、そして、聖騎士としての今後の活躍に、乾杯!!」

「「「乾杯!!」」」

まさか、食事に来てこのようなことになるとは思ってもみなかったが、全く悪い気などしなかった。

それどころか、久しく忘れていた安らぎを思い出させてもらった。ここは、何も変わっていない。それが心地好《よ》かった。

第6話　新たな門出

次の日、俺は早速行動を始めた。

というのも、王様から我が領地に持たざる者たちを受け入れる許可をもらったからだ。

屋敷は昨日、昼食を終えてからアーロンと二人で掃除をしたので結構きれいになったと思う。だけど、長年放置されていたために、屋根が傷んでおり雨漏りしてしまう。ここは俺たちでは直せないので、大工を呼んで何とかするしかないだろう。

なので、大工を手配しにいったアーロンとは別行動だ。

残った二人——俺とマインでことに当たる。まあ、俺だけでも良かったんだけど、なぜかマインがついてきたという感じだ。あの威圧的な黒斧を屋敷に置いてきているから、とんでもない騒動は起こさないだろう。

そんなことを考えていると、俺の横を歩いているマインが睨んできた。

「私が暴れるとか、考えていたでしょ？」

「えっ……」

見抜かれている⁉　なんだかんだ言って、マインとは行動を共にした時間が長い。態度でバレてしまうんだろう。

こうなっては取り繕っても、意味がないか。

「うん、そう思ってた」

「ん⁉」

「ほら、一緒に旅していた時にいろいろあったからさ。マインが質《たち》の悪い聖騎士を彼方《かなた》に吹き飛ばしたり、喧嘩を仕掛けてきた武人たちの骨をポキポキと折ったりさ。そんなのを見せられてきたらね」

そう言うと、マインは盛大にため息をつく。

「あれはかなり手加減していた」

「マジか……あれで手加減なんだ」

俺的にはやり過ぎに見えたけど、マインとしては相手に気遣いがあったようだ。

どこらへんが……なんて聞きたかったけど、彼女は憤怒《ふんぬ》の大罪スキル保持者だ。もし、怒りに身を任せてしまえば、血の雨が降っていたかもしれない。

だから、あれでもマインなりに気を使っていると言われてしまえば、俺としては納得できてしまう気持ちもある。それは暴食スキルを制御できずにいる俺もまた感情のさじ加減に苦労することが多々あるからだ。

今、暴食スキルが落ち着いているのは、ルナが内側から俺を守ってくれているからで、決して俺の力ではない。

そういえば、ガリアでの一戦を経て、ルナが夢の中によく現れるようになった。実はそこでマインの話もよくするんだ。そして、俺は知ってしまった。

ルナはマインの………。

「ねぇ？　フェイト、聞いている？」

「ああ、聞いているよ。なんだっけ？」

「ムッ、よく聞く！」

飛び上がったマインは俺の耳を掴んで、自分の口元まで持ってくる。ちぎれるんじゃないかと言うほど、めちゃめちゃ痛い。

「これから、どこへ行くの？」

「答えるから、答えるから放してよ」

解放された俺はまず自分の耳があるかを確かめる。大丈夫、あるみたいだ。

マインと一緒にいる時は、考え事はやめた方がいいな。話を聞き逃すと、耳を持っていかれそうだ。前に旅をした時は、ここまでしてこなかったのに……。

俺は今歩いている住居区の先を指差しながら、マインの質問に答える。

「ここから少し歩いたところが、スラム街になっているんだ。そこにある教会が目的地だよ」

「ふ～ん、お祈りに行くの？　フェイトらしくないけど……」

「失礼な、俺だってお祈りくらい――」

と言いかけて、故郷から王都に来てから神様への信仰らしいことをしていなかったことに気づかされた。父親が生きていた頃は、いつもお祈りが日課だったのに……。

今思えば、あれほど信仰に厚かった父親が、あっけなく病気で死んだことが大きかったように思える。あの時、俺は心のどこかで信仰を失ってしまったのだ。

「そんなことよりも、教会にはスラム街に住む多くの人たちが出入りするから、そこを通してバルバトス領への移民を募ろうって計算さ。俺が直接言うと強制になりかねないからね。それなら信頼の厚い教会を通した方がいいってこと」

「フェイトのくせに、ちゃんとしている」

舌打ちをしながら、悔しそうなマイン。なぜか、しっかりしているのがお気に召さないようだ。頼ってほしいんだろうか。

なら、試してみよう。

「だけど、マインが一緒に来てくれて助かったよ。ほら、こういったことは初めてだから、心細かったんだ」

果たしてどうだろうか……。しばらくして無表情だった顔に薄《うっす》らと笑みがこぼれた。

「しかたないな、フェイトは。ムフフフフッ」

上機嫌だ！　やはり頼られたかったのか!!　そして笑い声が若干怖いんですけど!!

そして彼女は良からぬことを言い放つ。

「わかった。教会が言うことを聞かなければ、破壊する」

前言撤回！　頼ってはいけない人だった。一瞬でも頼ろうとした俺が馬鹿だった。

言うことを聞かぬなら、ぶちのめしてしまえという発想だ。うん、俺のよく知っているマインだ。

「やっぱり、自分で何とかするよ。よく考えてみたら、わざわざマインの力を借りるほどじゃなかった」

「そう……」

あからさまに残念そうだった。上げて落とすなんてことをしてしまったので、何かいい方法がないか思案する。

「交渉している時、後ろで睨みをきかせておいてもらうのはどうだろうか。ほら、無言の威圧みたいに」

「なるほど、それはいいかも」

ホッと胸をなでおろす。これなら物理的な被害は起きないだろう。

そして、教会へ向かって歩いていると、ふと見知った場所で足が止まる。

ここは……懐かしい。

そう思っていると、俺の後ろを歩いていたマインが背中にぶつかり、

「どうしたの？　ん？　……あの今にも崩れそうな家に何かあるの？」

首を傾げながら、俺に聞いてきた。

確かに彼女が言う通り、あの家はボロボロだ。しかし、俺には五年という時を重ねてきた場所だ。見たところ無人のようだ。ブレリック家を恐れて、逃げるようにハート家の使用人になったので、あの家は今もあの当時のままかもしれない。

「ちょっと、いいかな」

マインの返事を待たずに、足を踏み出してみると、後は自然に動き出してしまう。

吸い寄せられるようにドアに手を当てる。やはり鍵は開いたままだった。

中は荒らされた様子もない。それは当たり前だ。金目のものなど何一つ無いからだ。

あるのは、藁《わら》で作られたベッド、古びた机と上に置かれたろうそくの残骸くらいか。俺が出ていってから、時が止まったように見えた。

そして、俺が戻ってきたからといって、また動き始めることもない。ここは、そんな場所になってしまった。

感傷などなく、見ていると俺の背中にマインが声をかける。

「フェイト、行こう」

「ああ、そうだね」

ドアの向こう側、外にいるマインのもとへ行こうとしていると、今までだんまりを決め込んでいたグリードが《読心》スキルを通して言ってくる。

『ここへ戻りたいと思うか？』

「まさか、死んでも嫌だね。せっかくこれから始まるのにさ」

『そうこなくてはな。では、早くマインのところへ行かないと怒って、家ごと壊されるぞ』

「うん、行こう」

思い出にひたるのもここで終わりだ。古びた家を出た俺はマインと共にスラム街の端に建てられた教会へ向けて、再度歩き出した。

第7話　朽ちた教会

俺はマインと同じように首を傾げていた。

なぜなら、教会の前に長蛇の列ができていたからだ。お祈りかなと思ったけど、スラム街に信仰の厚い人間が少ないことは、俺が一番よくわかっている。

なぜなら、ここにいる人たちはスキルという絶対的な恩恵《おんけい》を受けられなかった。だから、このような底辺の生活を強いられている。神様に見放された者——持たざる者には信仰自体が酷なことなのだ。

ある者は、神様があなたたちをお試しになっているなんて、綺麗事を言ってのけるけど……当の本人は、高等なスキル持ちのお偉いさんだったりする。まあ、持たざる者に都合よく言うことを聞かせる方便なのだろう。

俺は幼い時に信仰の厚かった父親を亡くしてから、神様に祈ることを捨てた。今も、それは正しかったと信じている。いや、確信していると言っていい。

それにしても、本当に賑わっているな。人集《ひとだか》りの中へ入ろうとすると、

「ヒィッ!!」

俺に気がついた男の一人がひきつった悲鳴を上げた。そして逃げるように道を譲る。それをきっかけに次々と俺を見た人々が、まるで化物に怯える顔をして道の脇に移動する。それだけではとどまらず、ひれ伏す者までいる始末だ。

マインはそれを見回した後、俺の顔を見て鼻で笑う。

「フェイト、何かあの人たちに酷いことでもしたの？」

「してないよっ！」

俺の髑髏マスクが怖いからなのか、それとも聖騎士だからか？　俺の着ている服は他の聖騎士たちとは全く違う。服の刺繍《ししゅう》から家紋を見ればわかるだろうけど、距離が離れている人たちまでそれが見えるとは思えない。

おそらく、完全に隠しきれていないステータス……Eの領域を敏感に感じ取っているのかもしれない。この人たちはいつも力に対して、ビクビクしながら生きているから仕方のないことだが。

そんなことを予想しているとマインに言われてしまう。

「まだまだ修行不足」

「返す言葉もないです」

マインの様子からは、屋敷に帰ったら修行と銘打った半殺しが待っていそうな気がする。最近の彼女はまるで手加減がないから困る。俺がいくらスキルで、自動回復と自動回復ブーストを持っているからってやり過ぎなんだよ。

おかげでここまでダメージを受けたら死ぬっていう、デッドラインがわかるようになってしまったくらいだ。

彼女は同じEの領域同士で、手合わせができていいらしいけどさ。マインの方が格上だから、ボッコボコにされて、何だか骨を砕かれてスキルで回復を繰り返していたら、骨格が変わってきた感じすらする。

まあ、耐久力は、ガリアにいた頃より格段に上がっているだろう。

マインは周囲からの奇っ怪な視線など気にせずに、教会へ進んでいく。そして、入り口付近に張られた簡素なテントであるものを見つける。そこまで行かなくても、匂いでわかっていたけど、思った通りだった。

教会はスラム街の人たちに、食事を配っていたのだ。

メニューは一つだけ、大鍋に野菜を入れて煮込んだスープだ。クンクン……匂いから肉は入っていないようだ。それでも、季節は冬であり、今日は一段と寒い。

たとえ簡素なスープだとしても、体を温めてくれるなら、これ以上ないくらいありがたい。その証拠として、これほどの行列ができているのだ。

それにしても、今にも崩れそうなボロボロの教会のどこにこれほどの資金があるのだろうか……謎だ。

マインはその炊き出しを見ながら言う。

「食べてみたい」

「駄目だよ。あれは俺たちのために用意された食事じゃないんだから。ほら、行くよ」

マインの背中を押して、教会の中へと入る。

おおおおっ⁉

初めて入った教会は、外から見るよりも造りがしっかりとしていた。特に祭壇に据えられた神の像は、この建物よりも遥かに立派なものだった。

俺はそれを見て、吐き捨てるように息を吹き、祈りを捧げているシスターに声をかける。

彼女は振り向いて、俺の着ている服にある家紋を見ると目を丸くしながら言う。やはり五大名家の家紋は民に広く知れ渡っているようだった。

「これは……バルバトス家の聖騎士様。なぜ、このような場所に？」

「俺はフェイト・バルバトス。あなた方にあることで協力をしていただきたく、ここへ来ました」

俺はバルバトス領の現状を話して、復興に必要な人員を教会を通して呼びかけてほしいと伝えた。そして、その人員は持たざる者限定だと念を押した。

シスターは酷く困惑していたが、王様の許可を得ていること、受け入れた人たちに過酷な労働をさせないと付け加えると、安堵した表情に変わる。

聖騎士からの協力といえども、彼女からしたら絶対的な存在に近い聖騎士だ、ほぼ強制と受け取られても仕方ない。

「無理強いはしません。もし、ここでの暮らしに困窮していて出て行こうにも行くあてがない者がいましたら、紹介してもらえると助かります」

「そうですか……あのいくつかお聞きしてよろしいでしょうか？」

俺が頷くと、申し訳なさそうに言う。

「食事はきちんと取れますか？　道中の警護は？」

これ以外にもいろいろと聞いてくるシスター。どうやら、話を聞くにスラム街の状況は俺がいた時よりも悪化していた。それは、聖騎士の中で持たざる者たちを守っていたハート家が、王都に不在となってしまったことが大きかったようだ。ロキシー様の父親はガリアで戦死して、彼女までガリアへ行くはめになってしまったから。

それをいいことに、他の聖騎士たちが、鬱憤晴らしにスラム街にやってきては、いわれなき暴力を振るってくるという。

なるほど、王様へ進言した時に、あの場にいた聖騎士たちが露骨に嫌な顔をしたのはそのせいもあったのかもしれない。我らの玩具《おもちゃ》を勝手に横取りするなって感じか。

俺はシスターに詳細な話をしたいので、後日バルバトス家に来てもらうようお願いした。

第一陣はシスターにも視察を兼ねて、ついてきてもらった方が良いだろう。口でいくら言っても、行動と結果で示さないと信用は得られない。

大体の話が終わって、マインがいないことに気がつく。どこだと捜したら、長椅子の上で寝ていた。流石……一流の武人、いかなる場所でも瞬時に休息が取れる……いやいや、今は駄目だろう。俺の後ろで睨みを利かせているのではなかったのか。相変わらず、マイペースなマインだ。

下手に起こすと、暴れるおそれがあるので、しばらくこのままにしておこう。

シスターはそんなマインの寝顔を見て、ニッコリと笑う。

「可愛い寝顔ですね」

「寝ている時は……そうですね。たまにこのままずっと寝ていてくれたら、どんなに楽かと思います」

「酷いこと言いますね」

「アハハハッ、冗談です」

俺は真顔で答えながら、神様の像を眺める。シスターも俺と同じように視線を向けた。

「気になりますか。ラプラス神が？」

「ええ……そういえば、そんな名でしたね。俺は信仰を捨てた身ですから。ですが、見ていると懐かしいです」

「そうですか。ですが彼《か》の神はこの世界の創造主ですから、聖騎士様といえど、この場ではそのような発言は控えていただきますようお願い致します」

顔のない神は静かに佇《たたず》んでいた。創造主たるラプラス神は、この世界の人々へスキルという特別な力《ギフト》を分け与えた。

だが、その中身は平等ではなく、絶対的な格差がついていた。選ばれた者、選ばれなかった者……この二つの存在のいる場所は、死ぬまで覆すことなどできない。

そして、シスターもまた言うのだ。

神様は、私たちに大いなる試練を与えてくださっているのですと……。

なら、俺はどうなのだろうか？　この暴食スキルもまた同じように神様からの試練だと言うのだろうか。

第8話　ブレリック家の暗躍

次の日。よく晴れた空の下、屋敷の庭の手入れを始めていた。

ボロボロになっている屋敷の改装は、専門知識のない俺には無理なので、アーロンが探してきた大工たちに任せている。

でも、庭についてはハート家で培った使用人としての経験を活かしたい。そのこと自体が俺にとって楽しい時間でもあるし、普通ならおかしな話かもしれないけど、バルバトス家の当主自ら行うことにしたのだ。

そんな風に一人で黙々と、雑草伸び放題で所々マインによって無残にも破壊された庭を、昔の優美な姿へ戻す方法を考えていると、お隣さんであるハート家の方から声がかかった。

「フェイトか⁉　久しぶりじゃな……」

俺に声をかけてくれたのは、ハート家でお世話になっていた庭師の師匠の一人だった。

彼は俺を見て、ニッコリと笑って再会を喜んでくれた。そして、俺がいる場所、着ている服などを見ていく内に、ぽかんとした顔になっていった。

屋敷にいる時は髑髏マスクを着けていないから、その内こうなってしまうのはわかっていたことだ。

「お久しぶりです。ご無沙汰しています」

「……これはまた、驚いたわい。ここを出ていって、戻ってきたと思ったら、聖騎士様になっているとはな。おっと、いつもの癖で言葉遣いが……」

「いいえ、そのままでいいですよ。改めて自己紹介を。バルバトス家の家督を継いだフェイト・バルバトスです。以後お見知りおきを、以前のようにフェイトと呼んでください」

「わかった。お前さんがそうしてほしいのなら、そうさせてもらうよ。それにしても、アーロン様が戻られたとハート家の使用人たちの間でも話題になっておったのだ。跡継ぎの話もな……まさか、フェイトだったとは……。とんでもない爪《スキル》を隠していたものだ」

隠していたか……まあ、使用人として平穏に暮らしていた時は、聖剣技スキルは持っていなかったので、隠していたわけではないのだけど……。

このスキルは、ブレリック家の次男ハドを殺して、奪った力だ。良くも悪くも、この聖剣技スキルが俺のその後を決めてしまったので、全くもって何が起こるかわからない世の中である。

日雇いバイトの門番をやって、ブレリック家の連中から酷い仕打ちを受けていたと思ったら、ロキシー様によってハート家の使用人に……。そして、ガリアへ武人として旅立って、戻ってきたら、聖騎士だ。それも、剣聖アーロンの跡継ぎとして。

苦笑いしていると、庭師の師匠がバルバトス家の庭を見ながら言ってくる。

「それにしても、酷く荒れておるな。もしかして、フェイト一人で手入れしようとしているのか？」

俺の周りに置いている道具たちから、そう思ったのだろう。

「ええ、そうです。皆さんに教わったことを活かして、やってみようかと。それに、こうしていると心が落ち着きますし。元に戻すまで時間がかかりそうですけど」

「う〜ん、そうじゃな。どうだろうか、儂にも手伝わせてもらえるか？」

「えっ、いいんですか？　でも、ハート家の庭の手入れが……」

そう言ったら笑われてしまった。何十年と庭師としてやってきたことを、見くびってもらっては困ると憤慨される。それにハート家の庭師は彼だけではないのだそうだ。

だから空いた時間を使って、手伝ってくれることになった。

「よしっ、決まりだ。早速、手伝ってやろう」

「おおおっ、ありがとうございます！」

庭師の師匠にバルバトス家の庭に入ってもらい、改めて状況を見ていく。

すると、彼はしかめっ面になって、天を仰いだ。

「ハート家から偶《たま》に隣の庭を見ておったが、こうやって細かく調べると思った以上に酷いな。それに……これは何じゃ⁉」

「えっ、どういうことですか？」

彼が指差したのは、地面を深々とえぐった戦闘痕である。ああ、あれは昨日、アーロンとマインが手合わせした時のものだ。

マインの強さは言うまでもないが、アーロンも【死の先駆者】というリッチ・ロードを倒してから、物凄く強くなっていたのだ。おそらく、あの戦いで限界突破というレベル上限解放を得たことによるものだろう。

そんな二人の戦いは、庭に甚大な被害をもたらしていたのだ。偶に俺もその輪に加わって、修行するので、人のことは言えない……。

「剣聖ともなれば、簡単な鍛錬でもこうなってしまうんです」

「じゃが、このままだとここは草木が生えぬ、荒れ地となってしまうぞ」

俺と庭師の師匠が頭を悩ませていると、主な原因となっている二人が屋敷から出てきた。

両方共に手には武器を持っている。最近、よく見る光景なので、彼らがこれから何をやろうとしているかなんて、手に取るようにわかってしまう。あの人たちは、今日も元気よく戦う気なのだ。……この戦闘狂たちめっ！

俺たちの目の前で繰り広げられる衝突音。聖剣と黒斧が激しいぶつかり合いだ。

その度に、元々荒れている庭が、荒野へと変わっていく。それを見た庭師の師匠が、呆然とその戦いを見つめた後、何も言わずにその場から離れてハート家の屋敷の方へ帰ろうとする。

「ちょっと、待ってください！　手伝ってくれるんじゃなかったんですかっ！」

「これは、さすがに無理じゃ。直したところで、あんな戦いをされては、すべては無に帰してしまう。いや、それよりも酷いかもしれん」

「俺にいい考えがあります。少しだけそこで待っていてください」

すぐ側《そば》に立て掛けておいた黒剣グリードを手にすると、俺は戦いの場へと割って入る。鍛錬をしているはずが、いつものようにガチの戦いになりつつある死地へと踏み入るのだ。

グリードが《読心》スキルを通して、言ってくる。

『腕が鳴るな。フェイト、庭を破壊する爺と憤怒を叩きのめせ！』

「お前、他人事《ひとごと》だと思って……」

『あれでいくぞ。第一位階の奥義で、一発だ！』

「アホか！　そんなことできるわけないだろっ。それにそんなことしたら、庭以前に屋敷まで消し飛ぶぞっ！」

『どうせ、全部オンボロだ。綺麗さっぱりしようじゃないか？』

相変わらずのグリードの戯言《たわごと》を聞きながら、アーロンとマインを止めに入った。

なぜか途中から二人の共闘によって、俺対アーロンとマインという構図に変わり、ボッコボコにされまくる。そして、十五分の激闘の末、二人はやっと静まった。

「どうしたの？　フェイト。遊んでほしいのならアーロンの後にしてほしかった」

「俺は別に遊びたくて、割って入ったわけじゃないよ。っていうか、マイン……さっきの一撃は本気すぎて、死ぬかと思ったんだけど」

「そんなことはない。本気ならもっと彼方へ飛んでいるはず。試してみる？」

首を振って身震いしていると、アーロンが笑いながら聖剣を鞘に収める。

「人の戦いの邪魔をするとは、あまり感心せんぞ。それほど戦いたいのなら、順番を守らんとな。儂は朝早くから、マインの先約を取っておいたのだ。しかし、こういった戦いも面白い、また頼むぞ」

「いやいや、そういう意図でやったわけではないです。俺は……」

どうやらアーロンとマインは、仲間外れにされた俺が中に入って一緒に戦いたかったみたいに受け取っているようなので、全力で否定して事情を説明していく。

二人が見境なく庭で戦うと、直せるものも直せないという話だ。

「うむ、なるほどな。わかったぞ、なら鍛錬に使う場所を決めてしまえば、いいことだな」

「はい、そういうことです。どうでしょうか、あの西側にある一角のみを使うのは？」

「限られた空間での戦いか……面白い。どうだろう、マインは？」

「私はそれで構わない。どんな場所でも戦えるし」

「なら、決まりだ。では、早速参ろうか」

「おう！」

善は急げとばかりに、アーロンとマインは指定された場所へ駆けていくと、戦いを再開した。立ち上る土煙……さっきよりも、戦いは熾烈《しれつ》さを増しているようだった。

やれやれ、黒剣を鞘に戻して、ホッと一息吐いた俺は庭師の師匠の下へ。

「お待たせしました。これで庭への被害は食い止められそうです」

「……何ともまぁ……勇ましくなったものだ。これなら手伝えそうだわい。それにしても……あそこはまさにガリアみたいな場所になっておるの」

彼は子供の頃から聞かされていた戦いだけに支配されている廃地——ガリアを連想させ

ていた。それほどまでに、アーロンとマインの鍛錬と銘打った戦闘がそう思わせていたのだ。

俺は庭の整備に取りかかろう。庭師の師匠と共に、日暮れまで取り組んでいった。資材や植物の手配をどうするのかなど、いろいろと話し合いもして、当面は彼が利用している供給ルートを使わせてもらうことになった。

「何から何まですみません」

「いや、礼を言うのはこちらの方じゃ。久しぶりに、大きな仕事ができたわい。日頃は庭の維持管理が主じゃからな。また手伝いに来るぞ。他の者にも伝えておこう」

「ありがとうございます！」

他の庭師の師匠たちにも手伝ってもらえることになれば、これはもう鬼に金棒である。

ハート家の屋敷に帰っていく彼を見送りながら、いずれ完成する予定の庭を思い描く。屋敷の正面には大きな噴水。それを囲むように、大きな樹木が生い茂る。更にその下には草花が色鮮やかに咲き乱れる。

うん、素晴らしい。早く実現させたい！

なんて思っていると、西側から爆音が聞こえてきた。そう、そうなのだ。まだアーロンとマインは戦っているのだ。彼らの体力は本当に底なしである。

顔を見せると、否応なくその輪に巻き込まれかねないので、このまま屋敷の中へ行こうと思ったとき、最近になって知り合いになった女性が門の前に立っていることに気がついた。

スラムにある教会のシスターだ。

彼女には、持たざる者たちをハウゼンへ受け入れるための助力を得る約束をしていた。そのために、聖騎士区への立ち入り許可書を事前に渡していたのだ。

彼女にも準備があるので、昨日の今日でやってくるとは思わなかったのだが、すぐに来てくれたことを嬉しく思う。

そんな気持ちで彼女を迎え入れようと門へ近づいたけれど、何やら顔色が悪い。そして、シスターは俺に言う。

「お願いです！　助けてください！」

「一体、どうしたんですか？」

尋常ではない慌てようである。すぐさま、門を開けて家の中へ招き入れる。

すると、力が抜けたようにくずおれてしまった。咄嗟に彼女を受け止める。立っていられないくらい急いでここまで来たのだろうか。

そんなシスターは俺を見つめて、弱々しく口を開いた。

「私はとんでもない罪を犯しました。良かれと……良かれと思っていたんです。ですが……」

ぽつぽつと語るシスターの話を聞き、俺はなぜ彼女が昨日教会で貧しい人々に食べ物を与えていたか知ることになった。

あの食事の金が、ブレリック家から出ていたのだという。それも定期的に教会を通して、持たざる者たちを五十人ほど集めさせ、ある場所で労働させることが条件だったらしい。

「今までは特に問題もなく、労働へ行った人たちは戻ってきていたんです。ですけど……今回労働へ行った人たちは、いつもよりも多くて百人以上に上ります。その人たちが予定の日になっても戻ってこなかったんです。そして、運良く逃げ出してきた人から、何があったのか事情を聞くと……」

その者以外の人たちは全員殺されてしまったというのだ。

百人以上も⁉　ブレリック家は一体何をやったのだろうか。

シスターは、どうしていいのかわからず、昨日の縁もあって、同じ五大名家であるバルトス家に助けを求めてきたのだそうだ。

俺はシスターを落ち着かせるように、ゆっくりと質問する。

「彼らはどこへ連れて行かれたのですか？」

「それは……軍事区のブレリック家が管理する施設らしいです」

なるほど軍事区か……。これは視察も兼ねて行ってみる必要がありそうだ。

第9話　王都の軍事区

深夜零時、月が高々と昇っている空の下、俺は屋敷を出た。

視察といっても、表立って行ったところでブレリック家の連中が俺を中へ入れてくれるはずがない。なら、昔（ムクロだった頃）のように闇に紛れて、好きにさせてもらおう。

軍事区へは、隣り合っている聖騎士区から中へ入ることができる。しかし、行き来する門にはやはり門番がいるので、違う道を通る必要があった。

区画を隔てる高い壁を見上げていると、黒剣グリードが《読心》スキルを通して話しかけてくる。

『久しぶりに単独行動だな。良かったのか？　爺とマインについてきてもらわなくて』

「いいさ、これくらい俺一人でできないと」

アーロンにこういったことは似あわないと思うから、彼にはブレリック家がしていることを王様に知らせてもらう役をお願いしたのだ。

王都に住まう者たちは、王様の管理下にあるのだ。それなのに多くの住民たちを私利私欲のために許可なく軍事区へ引き入れて、あまつさえ殺したとなると、何のお咎めもなしではすまないだろう。だから、あの後シスターと一緒にお城へと向かってもらった。

俺が屋敷を出るまで帰ってこなかったところを見るに、話はまだ続いているのかもしれない。

マインは俺についてきたがったけど、頼み込んで留守番をしてもらっている。彼女の場合、単純に隠密行動ができないのだ。大きな黒斧を持って、何でも正面からぶつかり合うのを得意とする彼女は、目立ちすぎる。

何度も頼み込んでやっと納得してくれたけど、屋敷の門までピッタリとついてきて、恨めしそうな顔でずっと見つめてきた。軍事区から帰ったら機嫌を直してくれていることを祈るばかりだ。ああなってしまったマインは、少々面倒なのだ。

「さて、この壁を飛び越えて、とりあえず中へ入るか」

『あの高さを静かに登れるか、見てやろう』

「Eの領域のステータスにも慣れてきたことを見せてやるよ」

地面を柔らかく蹴り、壁すれすれを登っていく。そして、登りきったところで、足をそっとおろして着地した。

「どう、うまいもんだろ」

『六十点、まだまだだな。俺様に僅かな振動が伝わってきた』

「そのくらいいいだろっ。グリードはいつも辛口評価だな」

『俺様の使い手なら当たり前だ。それより、下を見てみろ』

これは……すごい。

見渡す限り、綺麗に光り輝くように建物が整然と建ち並んでいる。他の区画との光量が全くケタ違いだ。

今まで高くて分厚い壁に阻まれて知らなかったけど、この区画は建物自体の様式が全くもって異なっているようだ。

商業区、住居区や、聖騎士区ももちろんであるが、基本的に建物はレンガを用いて建てられている。

しかし、軍事区の建物はそれらとは違い、レンガが使われていない。何というか継ぎ目のない壁という感じだ。そして窓はなくて、どの建物もとても高くて大きい。なら、どこが輝いているのかというと、その建物自体が淡く光を放っているのだ。

「何なんだ……あの建物は」

『あれは、ガリアの技術だな。大気中からエネルギーを取り出す特殊なプレートだ。それを使って建物内で使うエネルギーとして供給しているのだろう』

「ガリアの技術が王都の軍事区で使われていたなんて……」

大昔に滅んだガリア。その技術は失われたと思っていたのに、まさか壁の向こう側で息づいていたなんて、思ってもみなかった。

『まあ、滅んだといっても、すべては無に還ったわけではない。今もガリアに多くの遺跡が残っているのは、フェイトもその目で見て知っているだろう。それらから、回収した物だろうさ』

「そうなのか、ガリアって案外宝の山なのかもな」

『ああ、だからエンヴィーはガリアに天竜を置いて、人払いをしていたのだ。あれは魔物の進行をコントロールする以外にも意味があったわけさ』

でも、天竜は俺が倒してしまった。魔物の進行については、あの時の戦いで大地に王都とガリアを隔てる深くて大きな傷を作ったので、そう簡単にはやってこられないだろう。

そして、他にも手を打っている。だから、ガリアの魔物に関してはあまり問題視していない。

「もし、これからガリアへ向けて、多くの人たちがこんな遺物を探し始めたら、ここで起こっていることが他に広がっていくかもしれないね」

『それは王都が望まないだろう。ガリアの技術を独占したいと考えているはずだ』

「ああ、隔離されたこの状況だからね」

だからといって、ガリアへの道が開かれた今、こういった技術を求める者たちは後をたたないだろう。なら、ガリアに比較的近い、復興を目指しているハウゼンがその先頭になってもいいかもしれない。

まだ見ぬ技術に満たされた都市になんてなったら、ワクワクしてしまう。

だけど、今はブレリック家のことが優先だ。

「ここからだと、ブレリック家の研究施設は見えないな」

『シスターの話では、ここより北側だったな』

「それにひと目でわかるとも言っていた」

ブレリック家は聖騎士の中でも地位の高い五大名家の一つだ。その研究施設にはこれ見よがしに家紋が掲げられているという。

そして、周りの研究施設より一際大きいとも言っていた。これは、逃げ出してきた者がシスターに伝えたことなので、おそらく正しいのだろう。

「まあ、行ってみればわかることさ」

『ヘマして見つかるな。調べるだけだ。何があっても、手は出すな』

「何だよ。急に」

『ガリアの技術に人間と来たら、昔から碌なことがないからな』

いつものグリードらしくない慎重な物言いに疑問を覚えながらも、壁の下に人がいないことを確認して飛び降りる。

そして着地と同時に、衝撃を受け流して静かに移動を始めた。

駆ける道もまた建物と同じように、見たこともない材質で造られており、中央辺りが点々と淡く光って、暗い夜でも進行方向がよく見えるようになっている。周りの建物が光っていることもあるし、これなら暗視スキルなどいらないくらいだ。

時折、巡回してくる兵士たちを掻《か》い潜《くぐ》り、北へ北へと進む。すると、またしても見たこともない鉄の塊の周りに人だかりができていた。中には兵士たち以外に白衣を着た者たちが十数人ほどいる。

皆が熱い視線を送るそれは、丸い輪っかが二つ並んで付いており、その真ん中に人間が座れるような場所があった。不思議なことに、普通なら不安定で倒れそうなものだが、それは自分でバランスを取っているかのように地面に直立しているのだ。

俺は遠目から窺《うかが》いながら、グリードに聞く。

「何だろうな、あれは？」

『ガリアで使われていた乗り物の一つ、自動二輪機構でバイクと呼ばれる物だ。ガリアで見つけてきて、修復でもしたんだろう』

「あれが乗り物？　鉄の塊だよ」

『そう思うのもわからんこともない。だが、あれは馬よりも数百倍は優れた乗り物だ。馬のように疲れることもないしな』

あのバイクという乗り物が、馬よりも優れているとはあまり信じられない。まあ、無機物なんだから馬のように疲れないだろうけど。そこらへんはグリードと同じだな。

「どうやって乗りこなすの？」

『運転方法はあの前輪の上辺りに付いているハンドルを操作する。姿勢制御があるから、倒れることはなくて初めてでも運転可能だ』

「ふ〜ん、ならなぜ、あの人たちは乗ろうとしないんだろう」

そう言うと、グリードは鼻で笑うように、

『単純にバイクを乗りこなせるほどの魔力持ちがいないだけだろう。あれは動く度に魔力を消費する。あの周りの奴らでは、座席に乗っただけで昇天することだろうさ』

確かにもう少し近づいて、よく見るとバイクの下に男が三人ほど倒れて、気を失っていた。

皆が一様に、白目を剥いて口からは白い泡を吹いている。グリードが言っていた昇天とはこういうものだと体現しているかのようだった。

「俺なら乗れるかな？」

『当たり前だ。フェイトはEの領域だぞ。いくら乗ってもあんなことにならないさ。だが、今は諦めろ』

「わかっているって、先を急ごう！」

王都の軍事区は俺の知らない世界ばかりで、目移りしてしまって仕方がない。もっといろいろな物を見たい気持ちを抑えつつ、俺は更に軍事区の北へと進んでいく。

第10話　第7研究施設

巡回兵たちを掻い潜りながら進んでいくと、一際大きな研究施設が姿を現した。

そして壁にはこれ見よがしにブレリック家の家紋が取り付けられている。

近づいて様子を窺う。やはり、警備は厳重か……。

当たり前の話だろう。スラムから連れてきた持たざる者たちが逃げ出したばかりなのだ。

黒剣グリードが《読心》スキルを介して、物陰から身を潜める俺に言ってくる。

『さあ、どうする？　あれほどの警備では中に入るのも容易でないが』

「下はそうだろう。なら、この区へ入ったようにすればいいだけさ」

『ピョンピョン、ピョンピョンと、まるでウサギだな。いや、カエルか……ゲコゲコ』

「うるせっ」

全く……気が散るだろ！　これから忍び込むというのに邪魔をするなよ。

タイミングを見計らって、警備の死角となっている場所に近づく。そして勢いそのままに跳び上がった。

高さは軍事区を囲む壁より低いので、大したことはない。

跳躍で登っていく間に見た建物の外装は、鏡のように傷一つなくて継ぎ目もなかった。

グリードが言っていた通り、ガリアの失われた技術がなせるものなのだろう。大気との反応で光を淡く放つそれは、優しくてどこか懐かしかった。

「よっと、到着！」

『警備はいないようだな』

「ああ、下はあんなに慌ただしいっていうのに」

屋上は思ったよりも、風が強い。それは、足元に見える通気口らしきところから、施設内で発生する熱を放出しているためだった。季節は冬だというのに、この屋上はまるで真夏のような暑さだ。

寒さ対策で厚着をしているため、立っているだけで額に汗がにじみ出てくるほどだ。

「なあ、グリード。あの風が出ている奥で回っているあのバカでかいものは何なんだ？」

『ただのプロペラだ。それに回転させる機構をつけているだけだ。今はあのような単純なものすら失われてしまったわけだ』

これが単純か……俺にはとてもそんな風に見えない。どうやって手を使わずに回しているのか、さっぱりわからないのだ。

それでも、中に入る経路は見つかった。

「ここから、下へ降りて中へ侵入しよう」

『ハハハッハハッ、ここから降りるか。面白い』

通気口に設置されている落下防止用の柵を、黒剣グリードで切り裂いていく。人が一人ほど通れるくらいまで広げて準備完了だ。

あとは、タイミングを見計らって、あの高速回転する巨大なプロペラを掻い潜って降りるのみ。その前にあの先は暗いので《暗視》スキル発動。

『簡単そうに見えて、難しいぞ。今のフェイトなら、もしプロペラに接触したところで、バラバラにはならない。だが、逆にプロペラの方がバラバラだ。そうなっては――』

「ここへ忍び込もうとしているのがバレてしまうだろ」

『わかっているじゃないか。なら、俺様は高みの見物をさせてもらおう』

「いつもだろうに」

『そうさ。何たって俺様は武器だからな、ハハハッ』

グリードの笑い声を合図に通気口へ落下していく。次第に奥からは、耳障りな回転音が聞こえてくる。風は更に強くなっていって、俺の体重すらも浮かせてしまうほどだ。

俺は回転するプロペラの動きを見極める。

「今だ！」

壁を蹴り、突入する。頭を掠めるプロペラの一羽、体のすべてが通り過ぎた時、次の一羽が足元を横切っていった。

ふぅ～。……結構ギリギリだったかな。

でも、マインの黒斧を躱すことを思えば、まだこっちの方が楽だろう。

巨大なプロペラを抜けると、強い風は収まり落下スピードは加速していく。このまま行けるところまで行ってみるか。

スラムのシスターからの話では、集められていた人々は皆が施設に入ってから下へと連れて行かれたという。つまり、俺が目指す場所は建物の地下だ。

そこに、一体何があるのか……この目で見てやる。

「下に降りていくほど網目のようになっていくな。こっちかな」

『これほど大きな施設だ。通気口が入り乱れていて当然だ。広い場所を選んで降りていけ。下手すると地下まで直行できないぞ』

「わかっているって」

グリードの言う通り、空間の広い場所を選んで下へと進む。すると、鼻をつくような臭いが立ち込めてきたのだ。なんというか……生臭く不快だ。

まるでゴブリンたちを狩りまくった時のような臭いに似ている。

「……死臭がする」

『フェイト、そろそろ到着だ』

通気口の最下層に着地すると、足元は金網になっており、そこから室内の空気を外部へ放出するために取り込んでいるようだ。

下を覗くと、水が一面にはってある広い部屋だった。照明に照らされたその水は真っ赤に染まっており、まるで鮮血のようだ。

そのプールのような場所にはいくつか足場となる橋が架けられているので、俺は金網を黒剣グリードで切り裂いて、下へ降りた。

「よっと、気味の悪いところだな」

『…………ああ』

「なんだよ、らしくないな」

『そうか……それよりも先に進んだ方がいいだろ』

歯切れの悪いグリードの言葉に違和感を覚えつつも、部屋の出口らしき場所へ進んでいく。

見たこともないドアらしきものがあるけど、これはどうやって開けばいいのか……。

ドアノブもないし、押しても開かないぞ。

四苦八苦していると、グリードが《読心》スキルを介して教えてくれる。

『自動ドアだ。開けるには認証された者が横にあるプレートに触れる必要がある』

「えっ、マジか……。俺は当然のように認証されていないだろうから、開けられないぞ。

無理矢理破壊するわけにもいかないし……」

でも、そうなるとどうする。いきなりの八方塞がりに頭を抱えていると、グリードに笑われてしまう。

『俺様をそこのプレートにかざしてみろ』

「えっ、それってどういうこと？」

『いいから、早くしろ』

自信満々なグリードに促されるまま、俺は言われた通りにしてみる。

すると自動ドアが、

「開いた⁉」

『どうだ！　俺様にかかれば、これくらい容易いものだ』

認証された者しか開けられない自動ドアだったはずが、それをグリードが何らかの方法で介入して開けてしまったのだ。偶には使えるグリード様だ。

『構造は俺様よりも単純だからな。自動ドアは俺様が開けてやるから、さっさと進むぞ』

「何だか、今日は頼もしいな」

『はっ⁉　いつも頼もしいの間違いだろ。訂正しろ』

開いた自動ドアから顔を出して、通路に人がいないことを確認する。それにしても異様なほど静かだな。

「よしっ、先に行こう」

『おい、聞いているのか』

「はいはい、聞いているよ。グリードは本当に頼りになるな。頼りになるなる」

『わかればいいのだ。わかればな！』

ご機嫌取りはこれくらいにして、通路に足を踏み入れる。天井にある照明の光源が高くて、薄暗さは全く感じない。あれは蝋燭《ろうそく》とは違うものなのだろう。

まあ、照明だけでなく、やはり壁も床も金属なのか石なのかがわからない材質で造られている。勝手に開く自動ドアといい、ここは俺が知っている世界とは全く違う。

まるで別の世界に投げ込まれたような錯覚すら感じさせる。

「なあ、グリード。ここにある技術はガリアのものだったんだろ」

『そうだ。ほんの末端だがな』

「これで末端なのかよ。ガリアって、とんでもない国だったんだな。これほどの技術を持っていて、なんで滅んだんだろうな」

『倫理を無視して行きすぎたからだ。それだけではないかもしれないが……』

急に静かになってしまったグリード。だけど、通路を進むごとに設けられている自動ドアを何を言うこともなく、黙々と開けてくれた。

そして、曲がり角の先に人の気配を感じて、足を止める。

そっと覗き込むと、彼らは大きな金属製の箱を台車に載せて、自動ドアに入っていく。

何なんだろうか、あの箱は……。五人ほどの男たち全員が箱を移動させるためにその場からいなくなる。

俺は誰もいなくなったことを確認して、まだ沢山残っている箱に近づく。

よく見ると、箱の蓋辺りに少しだけどす黒いものがこびりついていた。すぐに脳裏によぎったものは、

「これは……まさか……いや、そんなことは」

『フェイト、やめておけ！』

グリードの静止を聞かずに、蓋を開けてしまう。あの男たちは平気な顔をしてこれを運

んでいたのだ。だから、俺が思っているようなものは入っているはずがない。

そう信じたかったのかもしれない。

「嘘だろ……なあ、グリード」

震える右手を左手で押さえ込み、箱の蓋をそっと元に戻した。

第11話　囚われの聖騎士

『フェイト、しっかりしろっ！』

グリードの声で我に返った俺は近づいてくる足音に気がつく。そしてすぐさま引き返して、姿を隠した。先ほど、金属製の大きな箱を運んでいった男たちが戻ってきたのだ。

どうやら、俺は思ったよりも長い時間、思考が止まっていたようだった。未だに箱の中身……が目に焼き付いてしまって、気分が悪い。どうやったら、あんな酷いことができるんだ。

酷く損傷した人の死体が入った箱を男たちは平然と運んでいく。一体ここは……どうなっているんだ！

『心を落ち着けろ、心拍が乱れているぞ。だから言ったんだ、見るなと！』

「すまない。別に見たことを後悔はしていないさ。とんでもない何かが起こっているってわかったから」

『しばらくは、大好きな肉は食えそうにないな』

「……うるせっ」

『その意気だ。先に進むぞ』

呼吸を整えて、金属製の箱があった場所を見る。男たちがすべて運んでいってしまったようだ。このまま、あの男たちの跡を追った方がいいのか、それとも別のルートを取るか。

『あれは見たところ、廃棄するために纏めて箱に詰めたのだろう。あれを追っていったところで、もっとおぞましいものを見ることになるかもしれんぞ』

「おぞましいものって⁉」

『おいっ、やめろ！　フェイトっ！』

男たちが消えていった方へ、駆けていく。たどり着くと彼らは持ってきた箱を開けて、下へと中身を流し込んでいた。そして、下から聞こえてくるのは、得体の知れない奇声だった。この人の声ではないものはまさか……ここは王都の中だぞ。

俺の不安をよそに男たちは下を見ながら、

「ほら、沢山食えよ」

「うあ、いつ見てもエグいわ」

「お前ら、あまり下を覗き込むな！　落ちたら餌と同じように食われるぞ」

「わかっているって。でもまあ、使えない奴らでもこうやって役に立つんだから、ちょっとエグいけどな」

「給料はいいんだし、慣れれば大したことないだろ。力がないくせに金に目が眩《くら》んで、ノコノコ餌になりに来た奴が悪いんだよ」

男たちのあまりの物言いに、俺は身を潜めていた場から飛び出していた。そして、そのままの勢いで男の一人を突き飛ばす。

「ならお前も落ちてみろよ」

「何っ、うあああぁぁぁ」

残った四人が突然のことに驚きながらも、腰に下げていた警棒に手をかける。

「何者だ！　お前、ここがどこの研究施設だかわかっているのかっ！」

しかし、反撃をする時間など与えない。一人を残して有無も言わせずに落としていった。

「わかっているさ」

俺は残った一人の首を片手で掴んで締め上げながら、落下していった四人を見る。

結構な深さだがまだ四人は生きているようで、身を寄せ合って震え上がっていた。理由は彼らの周りを囲んでいる異形の魔物たちだ。今は先に与えた血肉を食らっているが、その内に食べ尽くすだろう。

そうなれば、次は彼らだ。だからこそ、必死になって俺に言ってくる。

「俺たちが悪かった。そこの非常用ボタンを押してくれ」

「頼む！　食われちまう」

彼らが指差す場所の壁には赤いボタンがあった。かなり使い込まれているようで、赤い塗料がすり減って、銀色の金属が僅かに顔を出していた。非常用のくせに、なぜこんなに使っているのだろうか。

日常的に、ああやって下に落ちているのか？　まさか……。

そんな俺にグリードが《読心》スキルを介して言ってくる。

『あれはおそらく、下にいる魔物たちに付けられている首輪と連動しているのだろう。あれを押せば、首輪から電流か何か、魔物に苦痛を与えるように仕掛けがあるのさ』

「なら、あんなに使い込まれているのは……」

『日頃から、あいつらは異形の魔物を虐待して、楽しんでいたんだろう』

「すべてが胸くそ悪い話だな」

俺は非常用ボタンを押すことなく、成り行きを見守る。異形の魔物たちは血肉を平らげると、メインディッシュと言わんばかりに長い舌を垂らしながら四人の男たちに近づいていく。

「お願いだ。早く押してくれ！」

「もうダメだ……うああああぁぁぁ、やめろ！　近づくな！」

「いやだ、いやだ！」

異形の魔物たちは男たちをすぐに殺すことなく、地面に叩きつけたり、骨を砕いたりして苦しめていく。まるで、今まで自分たちが彼らに痛めつけられたことを再現するかのようにだ。

この魔物は見た目に反して知能が高いぞ。

そんな悲鳴が響き渡る中、俺は残った一人に問《と》い質《ただ》す。

「ここはどういったことをしている場所だ。答えろ！」

「……言えない……言えるわけがないだろ……言ってしまえば、俺は……」

その後は言わなくてもわかる。ブレリック家の秘密をばらしたと知られては生きてはいけないだろう。

だけど、言ってもらう。せっかくの情報源だ。

ブレリック家は王都で魔物を飼っている。それも人を餌にして。

何のためだ？　しかも、あの見たこともない異形の魔物たちは何だ？

俺は、男を下がよく見えるようにぶら下げる。もしここで掴んでいる首を放したら、彼は真っ逆さまに落ちていき、貪り食われている仲間のもとへ行くことになるだろう。

「……わかった。言うから、言うから落とさないでくれ」

「まずは、誰がこのようなことを指示している？」

「ラーファル・ブレリック様だ。頼む、俺は何も知らないんだ。ただ箱詰めにされた死体の残骸をこいつらに食わせてやるのが仕事なんだ」

「この異形の魔物のこともか？」

「詳しくは知らない。だけど、こいつらは……初めはゴブリンだった。なのに人を食わせていったら、姿が変わっていって……何でそうなったのかは……これ以上は何も知らないんだ」

俺は用がすんだとばかりに手の力を緩めようとした時、縋《すが》り付くように男は声を絞り出す。

「まだある。聞いてくれ！　ここにはメミル様が幽閉されているんだ。メミル様に聞けば、詳しい情報が得られるはずだ」

「はっ!?　なぜ、メミルが？」

メミルはラーファルの妹のはずだ。なのに、なぜ幽閉されなければならない。しかもこのような気味の悪い場所で？

男にそれを聞いても、知らないと言うばかりだ。ただ、この研究施設で働いている女から、そんなことを聞いたらしい。

「信憑性に欠ける話だな。でまかせじゃないだろうな！　ならメミルはどこにいるんだ？」

「ここから北へ進んだ、収容室の一室にいるらしい。収容室は行ったことがないから、どうなっているかは詳しくはわからない。頼む、信じてくれ！」

俺は掴んでいた手を放した。

男は青い顔をして、ゴブリンだった異形の魔物たちが待つ場所へと落ちていく。地面に落ちて、強く体を打ち付けた男は息も絶え絶えで絞り出すように声を上げる。

「な……ぜだぁ！　知って……いることはすべて……言ったぞ！」

「これからお前の言ったことが、本当かどうかを確かめにいく。もし本当だったら、戻ってきて助けてやる」

「無理だ……そんな時間はない」

「それはお前次第だ。力があるんだろう……少なくともお前らが餌と言っていた持たざる者たちよりも」

俺はもう男を見ることもなく、北側にあるという収容室を目指す。後ろから聞こえてくるのは、悲痛な叫び声と魔物の咆哮《ほうこう》だけだった。

もうここで行われているのは、倫理を侵すなんて生温い言葉で言い表せないことだ。ラーファルは確かに悪い奴だったが、これほどのことをする人間だっただろうか。

それに、妹のメミルまで幽閉しているという。俺が知っているラーファルは少なくともメミルにだけは優しかったように見えたからだ。

俺の見間違いだったのかなと思っていると、グリードが《読心》スキルを通して言ってくる。

『フェイト、気がついているか。あれだけ、騒いだのに誰一人来なかったことを』

「ああ、もちろん。さっきの男を尋問している時も、周りは常に警戒していたさ。ここは人がいなさすぎる。本当にメミルがこの先にいるのなら、今の状況はわかるかもしれないな」

『……この感じは昔を思い出す。気をつけていけ』

珍しく重い声で俺に注意を促すグリード。ここは従っておいた方がいいだろう。

それだけ、ここは冷たすぎた。人の生活感というか温もりが全く感じられないのだ。聞こえてくるのは、食い足りないと言わんばかりに吠える魔物の声ばかりだった。

第12話　実験体Ｅ００２

男が言っていた収容室まで進んでいくが、少しずつ少しずつと薄ら寒いものを感じる。

いや、それはちゃんと俺の視界に入ってきていた。白い壁には、刻まれた何かの爪の痕と、血がこびりついていた痕が交ざり合っている。

その痕が北へと踏み込んでいくごとに、多くなっていくのだ。この傷と血から、多くの命が失われていたことは明白に思えた。

もしかしたら、スラムの教会からやってきた人々がこの場で逃げ惑いながら、殺されたのかもしれない。そして、あのゴブリンだった魔物の餌に成り果ててしまったのだろうか……。

『フェイト、大丈夫か？』

「何だよ、急に。これからメミルを捜さないといけないのに」

『気の所為《せい》ならいいのだが……今のお前は、お前らしくないぞ』

「何がだよ？」

『一つだけ忠告をしておく、よく聞け。ここから先は、悪意に条件反射のように悪意だけで返すようなことだけは、もうやめておけ』

「でも、あいつらは……」

『焦る気持ちはわかるが、それでもだ。それはお前のためでもある。力には善悪の区別などできない。強大な力を持っていれば尚更だ』

「グリード……俺は」

『今一度、思い出せ。ガリアで天竜と戦った時の気持ちをな。お前はまた繰り返すつもりか？　次こそ、ロキシーに胸を張って顔を合わせられるのか？』

俺はハッとなった。俺はまた繰り返そうとしていたのか……。

ガリアでロキシー様の力になりたいなんて言っておいて、独りよがりな戦いをした挙げ句、最悪なタイミングで正体がバレてしまった。それでも、暴走寸前だった力（暴食スキル）でどうしようもない俺に、最後に救いの手を差し伸べてくれたのは彼女だった。

ロキシー様から伝わってきたのは善悪でなくて、もっと温かい気持ちだった。俺はそのレベルやステータス、スキルとは違った力に救われたのだ。そして、わかってしまった。

俺はロキシー様を救いたくてガリアを目指したのではなくて、俺自身が彼女に救ってもらいたかったのだと……。

そんなことでは駄目だから、もう一度やり直して今度こそロキシー様に胸を張ってまた出会えるように頑張ってきた。だけど、また目の前のことばかりに気持ちを振り回されて、もっと大事にしないといけないものを見失いかけていた……情けない話だ。

グリードと同じように、アーロンやマインだってそうだ。聖騎士になってからというもの、俺のことを何かと心配してくれていた。それでもやるべきことが多すぎて、それらばかりを優先してしまい、気が急くあまりに最短距離を求めて無茶や強引なことをしていたのかもしれない。

「ごめんな……グリード。目が覚めたよ、もう大丈夫」

『ならいいさ。ここから先は俺様は何も言わん』

「ああ、見ていてくれよ」

ロキシー様……彼女なら物事を善には善、悪には悪のような単純なことはしないだろう。悪には悪をぶつけるようなことしかできない俺だけど、それだけではグリードの言うように、ここから先には進めない。俺はロキシー様のような答えは導き出せないから、自分らしく違う答えを探すだけだ。

きっと因縁のブレリック家との関係を清算した時、ロキシー様に胸を張ってまた会えるような気がする。

黒剣グリードを握りしめて、先を急ぐ俺の目の前に収容室と刻まれたプレートが現れた。多くの人数を一度に中へ入れられるようにしているためか、自動ドアは他の部屋よりも大きい。

「グリード、頼めるか」

『任せておけ』

認証プレートへ黒剣をかざして、自動ドアを開ける。ピッという音と共に開いた部屋。そこには一本の通路だけあり、それと向かい合うようにいくつもの透明なドアが設置してあった。

近づいて見てみると、透明なドアだけあって部屋が丸見えである。中は、真っ白で数十個の排水口のみがあるだけだった。とてもじゃないけど人が住めるような場所ではない。

俺は一つずつ覗き込んで中を確認していく。誰か、他の者が捕まっていないかと思って見ていったけど、中は異常なくらい綺麗に掃除してある部屋ばかりだった。

「誰もいないな」

『そう気を落とすな。あの一番奥のドアを見ろ、他とは違うぞ』

グリードに促されて見た自動ドアは他の部屋のものとは違っていた。それは透明ではなく、磨りガラスのように外から中が見えないようになっていたのだ。

今まで見てきたところにはメミルはいなかった。最後に残された場所――本当にメミルがいるとしたらここしかない。

俺は収容室に入ってきたのと同じ要領で、認証プレートに黒剣をかざす。

「開いた……!?」

『いたな。あれがメミルか？』

「ああ、あの冷たい紫色の髪……メミルだ」

間違いない。少しだけ窶《やつ》れているようだけど、メミル・ブレリックだった。

部屋の中にあるのはベッドだけ。彼女は白い服を着せられて、そのやわらかそうなベッドで眠っていた。

とても疲弊しているようで、俺が中へ入っても起きるような気配が感じられない。そればかりか、近づいて顔に触ってみても眠ったままだった。これは明らかにおかしい。

「どうなっているんだろう」

『何かによって眠らされているのだろうが……フェイト、右腕を見ろ』

「これは……」

　メミルの腕には、無数の小さな傷があった。何か細い針のようなものを何度も突き刺したような感じだ。更に、その周辺が青白く鬱血していた。

　グリードが声を唸らせながら、俺に言ってくる。

『注射器で、薬物か何かを体内に注入されたようだな。それも大量にな。おそらくその影響で、意識が戻らないのだろう』

「何のためにそんなことを？」

『……実験かもしれん。フェイト、念のために鑑定スキルでこの女を見てみろ』

　グリードが言うように、実験的に何かを投与されているのなら、もしかしたらステータス上に影響が出ているかもしれない。俺は《鑑定》スキルを発動した。

メミル・ブレリック　Lv30
体　力：5165600
筋　力：6197600
魔　力：6138400
精　神：5150900
敏　捷：5167800

スキル：聖剣技、筋力強化（大）、魔力強化（大）

えっ……ステータスが飛び抜けて高い。このスキル構成でこのレベルなら、各ステータスは20万未満だろう。それが全ステータスが５００万を超えているのだ。

この異常なステータス上昇は、グリードが言っていた実験の成果なのだろうか。

しかし、その影響でメミルは眠ったままだ。

「このままだと、この研究施設で何が起こっているのか、聞き出せないな」

『さあ、どうする、フェイト？』

「メミルをここから連れ出そう。腕の傷を見るに繰り返し注射を受けているようだから、それがなくなれば意識を取り戻すかもしれない。そうしたら、話もできるだろうし」

有力な情報源を手に入れた俺は、メミルに手を伸ばし、そして持ち上げた。

すると、部屋の中が白から赤に変わり、けたたましく警報が鳴り始める。

「なっ⁉」

『しくじったな、フェイト。あれほど、気をつけていけと』

「何だよ、他人事のように言いやがって！」

『俺様はただの武器だからな』

「全く……相変わらずだな」

部屋の自動ドアも合わせて勝手に閉まってしまい、俺はメミルを片手で抱きかかえると、黒剣を認証プレートにかざすが、

「開かないぞ」

『それはそうだろう。侵入者が入ってきたのだから、強制ロックでもかかったんだろうさ』

「なら、やることは決まっているか」

『そうこなくてはな。コソコソしているのは性に合わん。俺様たちらしく、派手に行こうぜ！』

俺はノリノリな黒剣グリードを振るって、開かなくなった自動ドアを斬り飛ばす。

第13話　蘇る過去

廊下も白から赤に変わっていた。サイレンの大きさから施設内すべてに響き渡っているようだ。

それでも、警備する者は直ちに侵入者である俺がいる場所に向かってやってくる気配はない。いや、それよりも、肌をピリピリとさせる嫌な予感が……。

メミルを抱えて収容室をこじ開けた時、それはすでに待ち伏せていたのだ。そう、人でもない、魔物でもない……ゴブリンの成れの果て。

ここに来るまでに見た何らかの実験によって、変貌した魔物だったもの。

醜悪なそれは50匹以上いて、通路に犇《ひし》めいている。おそらく、侵入者がいるのに人を寄越さなかった理由はこれだろう。生かして捕らえるつもりなどない。

あの餌として与えられていた血肉のように残さず食い尽くさせて、侵入者がいたという証拠すら残さない気なのだ。あのサイレンだって、地下施設内の職員たちを退避させるためのものだろう。

にじり寄るそいつらを前にして、俺は瞳の色に違和感を覚えた。普通ゴブリンの瞳は黒色なのだ。しかし、今いるこいつらは鮮血のように赤く染まっている。

俺が飢餓状態に陥った時や、暴食スキルを引き出した時の色とは違う赤。忌避するほどではないが、それでも嫌なプレッシャーを感じさせるものがある。

大した敵ではないとあの時は見過ごしていたけど、今更ながら、《鑑定》を発動させて調べてみる。

「えっ……」

鑑定できない!? まさかこのゴブリンだった者は隠蔽スキルを持っているのか、いやそれなら、スキルだけが見えなくてステータスは見えるはずだ。

どういうことだ……これはマインを鑑定した時に似ている。

謎は解けないままでも、敵は待ってはくれない。歪《いびつ》な歯……その中に異常に発達した犬歯を見せながら数匹が俺に飛びかかってきた。

「チッ」

噛み付こうとするそれらを斬り払う。そして、いつもなら、無機質な声によって暴食スキルの発動した内容が頭の中で聞こえてくるはずが……そうとはいかずに全く違ったものが俺の中に染み込んできた。

クッ……。体が引き裂かれるような苦しさが襲ってきたのだ。これは暴食スキルや飢えとは全く違う。まるで、体中に猛毒が行き渡るような感覚。

そして、俺はたまらずに血を吐いてしまう。

「この感覚は何だ……気分が悪い」

右手に持つ黒剣に付いていた血が蒸発して消えていく。それを見たグリードが《読心》スキルを介して言ってくる。

『フェイト、あれを殺してはならん。まさかと思っていたが……フェイトの状態と先ほどの血から、あれの正体がわかった。あれは、ナイトウォーカーだ』

「ナイトウォーカー!? ゴブリンじゃないのか」

倒してしまうと、ステータス加算・スキル追加ではなく、猛毒を喰らったような苦しみだけを味わう羽目になってしまうので、黒剣の腹の部分で殴打して距離を取る。

「何で、暴食スキルが正常に発動しないんだ？」

『あれはもうとっくの昔に死んでいるのだ。そして僅かに残った魂の滓《かす》をつなぎ留めて動いているにすぎない。その劣化した魂を暴食スキルが喰らったことによって、お前にダメージが入っているのだ。だから、ナイトウォーカーは殺してはならん。喰らい続ければ、さすがのお前でも死ぬぞ』

何て厄介な敵だ。倒して喰らう戦いばかりしてきた俺にとっては、初めて出会う相性の悪さだった。

「殺せない敵か……」

そして更にナイトウォーカーたちで気になったのは、異常な回復速度だ。黒剣の腹で殴打して潰れた箇所がもう修復されて元に戻っているのだ。

『フェイト、もう一つ大事なことがある。絶対に噛まれるな、あの行動にはEの領域をも突破する呪詛《じゅそ》が込められている。噛まれるとああなるぞ』

「何⁉ あいつらは！」

ゴブリン・ナイトウォーカーの後ろにいたのは、俺が突き落としたここの職員たちだったのだ。そいつらは一様に、目を赤くして発達した犬歯をむき出し、俺を狙っている。

俺に殺されたという憎悪がまだ残っているのか、ゴブリン・ナイトウォーカーたちよりも、俺への敵意を剥き出しに襲いかかってくる。

「全く、やりづらいな。だけど……」

ナイトウォーカーたちは今もなお増え続けている。おそらく、俺が見てきた場所の他にも飼育場所があったのだろう。そこが解放されたと見た方がいいか。

俺は黒剣から黒盾へ形状を変えて、襲ってくるそいつらを止める。そのまま、前へと進んでいった。

　すると、偶然にも開かれた暗い部屋を見つけた。《暗視》を発動させて中を確認すると、ナイトウォーカーはいない。とりあえず、中へ退避だ。

　俺はメミルを抱えなおして、転がり込むように中へ入る。

『フェイト、天井を切り崩して入り口を塞げ』

「言われなくても」

　跡を追ってきたナイトウォーカーたちに入られる前に、飛び上がって天井を切り崩す。上から降り注ぐ瓦礫《がれき》によって、思惑通りに入り口は塞がれた。

　耳をすませば、外からはナイトウォーカーが瓦礫を爪でひっかくような音が聞こえてくるだけだ。この様子なら、中へ入られないだろう。

　俺はメミルを床に寝かせて、この部屋を改めて見回す。

　造りは、ナイトウォーカーたちを飼育していたところのようだった。といっても、最近に使われた感じはしない。壁や床にはナイトウォーカーが暴れたような形跡があるものの、あの血《ち》なまぐささがなかったからだ。

　未だサイレンが鳴り響く中、俺はこの施設から出る方法を考える。

「やっぱり、あそこからかな」

部屋の上方を見上げ、グリードに伝える
『換気口か？』

「ああ、メミルを安全に外へ連れ出すにはあそこからの方がいいと思う」

善は急げとばかりに未だ眠り続けるメミルを抱えて、脱出しようとした時、壁の隙間から光が漏れているのに気づいた。

なんだろうか……この施設を今まで見てきたけど、継ぎ目がどこにあるかわからないような造りをしていたはずだ。それなのに壁の隙間から光が漏れるなんて、ありえるのか？

不思議に思って、そこへと近づいていくと、グリードが舌打ちしながら言った。

『隠し部屋だな。何かがあって歪んで光が漏れてしまっているのだろう。フェイト、どうする？』

元々ここへは、ブレリック家が何をやっているのか調べるためにやってきたのだ。しかし肝心のメミルは意識が戻らないままである。

隠し部屋というほどなら、知られたくないものがそこにあるはずだろう。

なら――。

「入ってみよう」

『そう言うと思った』

黒剣で壁を斬って、中へと入る。またしても、俺の目の前には見たこともない光景が広がっていた。奥行きは三十メートルほどあるように見える。薄暗くて、換気のためのプロペラの音が響いていた。

円柱の大きなガラス製容器に赤くて透明な液体が入っており、その中に生き物が浸かっている。それは、猫や犬のような普通の動物だったり、魔物だったりした。それが、沢山並んでいるのだ。

「何かの実験をしているのかな？」

『おそらく、ナイトウォーカーに関連した実験だろう。あの溶液に入っている赤はおそらくナイトウォーカーの始祖の血を薄めたものか』

「始祖って？」

『それは、ガリアの生物兵器だ。おそらく、ブレリック家がどこかでそれを手に入れたのだろう。よりにもよって、あんなものに手を出すとはな。制御できるとでも思っているのか、疑わしいものだ』

「伝染病みたいに、感染力が強そうだからね。病原体《ナイトウォーカー》が自ら動いて、仲間を増やしていくなんて、もしここから外へ逃げ出したら、あっという間に王都中に広まりかねない」

『そういうことだ』

もしかしたら、この先にグリードが言う始祖がいるかもしれない。俺はそう思って、先に進んでいく。

だが、俺の予想に反して一番奥のガラス製容器にはよく知った者がいたのだ。

「まさか……ハド・ブレリック⁉」

俺がガリアに向けて旅立つ前に殺した、聖騎士ハド・ブレリックが静かに眠っていたのだ。しかも、俺はあの戦いでハドの右足と両腕を消し飛ばした。だけど、目の前にいるハドは俺が消し飛ばしたはずの右足と両腕を再生されている。

様子を窺っていると、突然ハドの両目が開かれた。

その鮮血のように赤い目が泳いで俺を捉えた途端、ガラス製容器に亀裂が入る。

油断していた。他の生き物はメミルのように深い眠りについて、起きてくる気配などなかったからだ。

俺は咄嗟に後方へ飛《と》び退《の》く。

それと同時に砕けたガラスは飛び散り、大量の赤く透明な溶液が床を濡らした。

中から出てきたハドからは、他のナイトウォーカーと同じようにまともな理性があるようには見えない。しかし、俺への憎しみだけは、本物だった。

ハドは俺を睨みつけると、不器用に口を動かしながら激高する。

「フェ……イト、フェイ……ト、フェイトオオオオォォオオオッ!!」

第14話　増え始める亡者

聖騎士のナイトウォーカー。それは予想を超えた力を持っていた。

一瞬で俺の懐に入り込んでくる。メミルを抱きかかえていたため、思うように動けずに反応が遅れてしまう。

それを獣のような鋭い眼光が逃すわけがなかった。

強く握りしめた拳を床すれすれから振り上げて、俺の腹を突き上げたのだ。

信じられないほどの衝撃に僅かに意識が遠のいた。メミルを抱えていた手が緩む。

そして俺はメミルをそこに残したまま、勢いそのままに後方へ吹き飛ばされてしまった。

その勢いは凄まじく、隠し部屋の天井どころか上の階の壁や部屋の壁まで突き破っていく。

意識がはっきりした頃には、研究施設の外壁の外へ投げ出されていた。

空中で落下しながら、ナイトウォーカーに成り果てたハドの実力に驚きを隠せなかった。

そんな俺にグリードが《読心》スキルを介して言ってくる。

『Eの領域だ』

「……………あのハドが」

『何をそんなに驚いている。前に言ったはずだ。ここから先は人外の領域だとも。お前はまだその入り口に立ったばかりだ』

その領域に踏み込むきっかけが、俺の場合は暴食スキルだっただけ。グリードの口ぶりなら他に方法はいくつもあるようだ。

お城の中で王様と謁見した時だって、白騎士たちはEの領域を超えていた。その二人については、あの後で納得できる部分もあった。

しかし、ナイトウォーカーからのEの領域へとは受け入れがたい。

「Eの領域ってのは、天竜と同じで生きた天災なんだ。その領域に達していない者には、倒すことは不可能。しかも、噛まれるとナイトウォーカー化してしまう……あんな者に王都で暴れられたら」

『あっという間に亡者たちでひしめくことだろうさ』

クッソ。それにメミルがまだ研究施設の中だ。

後ろを見れば、俺は隣の施設まで吹き飛ばされていた。ちょうどいい、これを足場にしてもう一度施設の中へ入って……。

「何っ⁉」

俺を追って、ハドがとんでもないスピードで突っ込んできた。躱せない、タイミングが悪すぎる。

ハドが俺に頭からぶつかってきた。

「フェイトオオオオォォォ！」

「くっ」

またかよ！　ハドの勢いは、後ろの施設の壁を突き破ってもまだ衰えない。

施設の中の壁という壁、天井や床までも穴を開けて、結局は施設を貫通してしまった。

俺はたまらずにハドの左腹を殴りつけて、少し離れた隙を狙って、顎を蹴り上げる。

「フェイト、フェイトってしつこいんだよ」

更に距離が取れたので、黒剣を振るって縦に切り裂く。手応えはあった。

静かになったハドから離れた位置に着地する。そして様子を窺いながら、俺はあるものを失ったことに気がついた。

髑髏マスクだ。さっきまで着けていたのに、どこに行ってしまったのか。施設を突き破った衝撃で落としてしまったのか、そう思っていたらそれは立ち上がったハドの口元にあった。

髑髏マスクを噛み砕きながら、咆哮するハド。俺が斬りつけた致命傷とも思える傷は時間を巻き戻していくかのように修復されていった。

俺は黒剣を構え直して、剣先をハドへ向ける。

それは、マイン曰《いわ》く俺のトレードマークだったのにさ。

来るか、ハド。と思っていると騒ぎを聞きつけた警備兵や、聖騎士たちが駆け寄ってきた。

そして皆が俺ではなく、変わり果てたハドに釘付けになる。

「これは……一体」

「ハド・ブレリック様、どうなされたのですか？」

当のハドは、何やらしきりに臭いをかぎ、まるで餌を貰う前の犬のような感じだ。

まさか⁉

「離れろ！　お前たち、それから離れるんだっ！」

「何を言っている。それにお前はどこの誰だ？　見たことのない顔だな」

俺の言うことは聞いてくれそうにない。それどころか、どこの誰ときた。まあ、それは当たり前だろう。俺はバルバトス家の家督を継いだことを王様の謁見の間で報告したときは、髑髏マスクを着けていた。今はそのマスクもない。さらにその場にいなかった下っ端聖騎士ならなおのこと俺を知らないだろう。

こうなったら実力行使しかない。ハドが行動を起こすよりも前に、彼らから引き離すしかない。

そう思って先に近づこうとするが、ハドの方が位置的に速かった。

警備兵を一人掴み上げて、俺へと投げつける。あまりの速さに俺が躱してしまえば、彼は死んでしまうだろう。

そんな逡巡《しゅんじゅん》の末、投げられた彼を受け止めている内に、ハドは他の者たちへと喰らいついた。

飛び散る血しぶきと悲鳴。

そして、ハドは舌舐めずりをすると、倒れた聖騎士たちから二本の聖剣を奪い取る。するとその聖剣は青白く輝き始めた。

つまり、聖剣技スキルのアーツ《グランドクロス》を聖剣に留めて、攻撃力を飛躍的に増加させているのだ。

「フェイトオオオオォォォッ」

俺は警備兵を放り投げて、飛びかかってくるハドの二本の聖剣を黒剣で受け止める。

「くっ、重い」

「フェイト、フェイト、フェイト」

先ほどよりも動きにキレが増している。それに力も……。もしかして、吸血によって力が上がったのか？

いくら俺がアイシャ様を治療したことによってステータスが低下しているといっても、ここまで感じるなんてありえるのか……。

俺は黒剣を強く握りしめて、ハドを押し返す。その背後では、ハドによって殺されたはずの聖騎士たちや警備兵たちが、ゆっくりと立ち上がり始めていた。

そして、各々が思うように散り散りになって、歩いていく。やばい……あれをあのまま行かせてしまうと、軍事施設はナイトウォーカーたちで溢れかえるかもしれない。

だけど、ハドが邪魔で手が出せない。それに、ナイトウォーカーを倒して暴食スキルが発動してしまうと、劣化した魂を強制的に喰わされて俺は蝕《むしば》むダメージを受けてしまう。

この敵は俺一人だけでは倒しきれない。

そう思った時、ナイトウォーカーたちを斬り裂く者が現れた。

「フェイト、遅れてすまん。王様から正式な許可をもらうのに時間を要してしまった。苦戦しているようだな」

「アーロンっ！」

アーロンはハド目掛けて、青白く輝く聖剣を振るい、背中を斬り裂いた。血しぶきと共に、ハドの力が弱まる。俺は躱し様に奴の横腹を切り抜けて、アーロンに合流した。

そう、アーロンもまた俺と同じように、Eの領域に踏み込んでいるのだ。それはハウゼンでの戦いで、彼との絆を結んだことに由来する。その後、俺が天竜との戦いでEの領域に達した時に、アーロンに異変が起こったらしい。

何でも、頭の中で『ステータス値の再算出を行います』と無機質な声が聞こえたそうだ。その後体が組み替えられるような不思議な感覚が襲ってきて、気づけばステータスが見たこともない表記になっていたという。

天竜戦の後、ハウゼンでアーロンに会った時はびっくりしたものだ。元々、元気だった爺さんが、とんでもなくパワーアップをしていたからだ。もう、手に負えない元気な爺さんになっていた。

「リッチ・ロードと戦った時を思い出すのう。なぁ、フェイト。あの時と似たようなことになっているみたいだな。暴食スキルのせいでトドメをさせないと見た。どうだ？」

「察しが良いですね。今回はナイトウォーカーを倒すと、劣化した魂を暴食スキルが喰らってしまい、俺にかなりのダメージが入ります」

ハドはゴブリンのナイトウォーカーよりも魂が劣化してそうだ。喰ったら、死ぬかもしれないな……。

「ならば、久しぶりの共闘といこうではないかっ。腕が鳴るのう……準備はいいか、フェイト」

「はいっ」

第15話　人ならざる者

アーロンと同時に、ハドに向かって右と左から挟み込むように駆ける。

まずは俺から！

上段から斬り込むと見せかけて、更に踏み込んで中段へと切り替える。ハドはそれに反応して、俺の攻撃を左手の聖剣で受け、右手に持つ聖剣で斬りかかろうとするが……。アーロンがそれを許さない。

無理矢理ハドの右手の聖剣を弾《はじ》いて、俺に隙を提供してくれる。

「フェイト！」

「下がってください。うおおおおぉ」

黒剣に《火弾魔法》を重ね、燃え上がらせた炎剣をハドの心臓へと突き立てる。そして、アーロンが飛び退いたのを横目で見ながら、魔力を注ぎ込んだ。

超至近距離で発動した魔法は、ハドを燃やして俺さえも包み込んで、火柱を上げた。

あまりの威力による衝撃波で、俺は吹き飛ばされてアーロンがいる後方まで転がってしまう。空からは、その衝撃で砕けてしまった建物の壁や窓ガラスが雨のように降り注いだ。

「大丈夫か？　無茶をする」

「ええ、少し火傷《やけど》したくらいです。このくらいならすぐ治ります」

自動回復スキルと自動回復ブーストスキルを合わせて持っているため、自分でも笑ってしまうくらい傷は癒えていく。ハドを見て化物だと思ったけど、俺だって人のことを言えない。

アーロンの手を借りて立ち上がり、燃え上がるハドの様子を窺う。

「何ていう、再生能力だ……」

声を上げたのはアーロンだった。ハドは炭化して燃え落ちる部位の下から、真新しい肉が飛び出して、みるみるうちに修復されていく。

いや、それだけではない。ハドの皮膚よりも、もっと硬質なものへと強化されていたのだ。

「もう、あれはハドじゃない……あれは……あの姿はもう……」

俺がハドの変わりように、言葉を失いかけていると、グリードが《読心》スキルを通して言ってくる。

『ナイトウォーカーとなった者に人の心はない。フェイト、よく覚えておけ。人としての心を失い、Eの領域に達した出来損ないの姿を……崩壊現象だ』

ハドの姿は魔物そのものだった。口は耳元まで裂けて、歯が歪に鋭く伸び切っている。体は異常に発達して、岩のようにゴツゴツして赤黒い。まるで鮮血が時間が経って固まったような色だ。

そして、もっとも特徴的な悪魔のような黒い翼が、背中を突き破るように二枚生えている。

グリードは崩壊と呼んだ。もし、俺がガリアの地で天竜を倒した後、ロキシー様に救われなかったら、あのような姿になっていてもおかしくはなかったとグリードは言うのだ。

これは笑えない。

俺がこの先暴食スキルに呑み込まれてしまったなら、Eの領域というあり余る力によって、人の心を失うだけでなく、人としての姿すらも失い、史上最悪の魔物が誕生してしまうというわけだ。

『ビビったか？　フェイト』

グリードのそんな挑発に首を振り、

「いや、もしかしたらあの天竜ってさ。元は人だったのかな」

『そうだと言ったら、どうする？』

無言になっていると、グリードは笑って言う。俺様は初めから言っていたと、Eの領域は人外の領域だと、その言葉の通りだと。それでもお前はその領域に足を踏み入れてしまったのだと。

「フェイト、どうした？」

俺はアーロンの呼び声で、我に返る。戦いの最中だというのに何てざまだ。

「すみません。ハドは……」

未だに燃え上がる炎の中で、静まり返っていた。だが、先ほどまでよりも奴からのプレッシャーが一段と上がったように感じられる。

ゆっくりと、瞼を開いて……深紅の瞳が俺を捉える。

「なっ⁉」

「これはっ……」

一瞬だった。ほんの一瞬で、ハドは俺とアーロンの背後に移動してみせたのだ。

あの黒い翼の力か⁉

振り上げられた二本の聖剣。

驚くべき重い斬撃が、俺とアーロンを襲う。

すんでのところで、互いに一つずつの斬撃を受け止めるが、大きな火花を散らして、振り抜かれてしまった。

二人合わせて、後方へ弾き飛ばされ、何かの研究施設の壁に突っ込んだ。

自分の上に積み上がった瓦礫をのけて立ち上がると、そこは異様な場所だった。無数の女性がガラス製の大きな容器に収められて、溶液に浸かっている。まるで、虫や鳥の標本のように扱われていた。そして、なぜかあれほど怒り狂っていたハドが追撃をしてこない。

違和感を覚えつつ、研究室に掲げられた家紋を見るに、やはりここもブレリック家だった。

その中のある女性が特に目を引いた。とても美しくて、この世の者とは思えない……。

一体誰なのか……そう思っていると、アーロンが思わずなのか名前を口にした。

「リナ・ブレリック……なぜ、このような場所に、彼女はたしか十年以上前に亡くなったはず」

リナ・ブレリック⁉　誰だ？　名前からしてハドやラーファル、メミルに関係ありそうだけど。

「彼女はどういった人なんですか？」

アーロンはハドの追撃を警戒しながら、言葉を濁しつつも言う。

「詳しい内情は知らんが、リナ・ブレリックはラーファルの実の母親だ。元々体が弱かったそうで、ラーファルを産んだことで酷く体調を悪くしてのう。数年後に亡くなった。まさか、このような場所にいるとは……それに他の娘たちは……」

何というか……ここは今まで見た実験室とは違う。喩えるなら、欲望を満たすコレクションルームといったらいいだろうか。

過剰な粧飾が施されたこの部屋は、そう表現するのがしっくりきた。

リナ・ブレリックが収められた容器に近づくと、この容器にだけガラスに細かいキズがついていることがわかる。

そして、足元には金で作られたエンブレムが埋め込まれていた。だが、何かを使って深くえぐられており、刻まれた何かを読むことすらできない。

ここにも他と違った異質な感じが見受けられる。加えて、お墓に供えるような生花がそのエンブレムの横に生けてあるのだ。この花の様子から、置いたのはつい最近のように思えた。

アーロンと共に、部屋を見回していると、廊下から足音がゆっくりと近づいてきて止まった。勢い良く開かれる扉。

そこにはよく見知った顔があった。奴はあの時と変わらずに、嫌みったらしく笑みをこぼしながら言うのだ。

「これはこれは、剣聖アーロン・バルバトス様ではないですか。なぜ、このような場所に？　あのような大きな穴を開けて入ってこられては……。剣聖ともあろう人が、このような礼儀知らずでは困りますね」

奴はアーロンばかりに話しかけて、俺など眼中にないような感じだ。相変わらずだな。

「ラーファル！　これは何だ⁉」

俺の言葉にやっと顔を向けたラーファルが唾を吐き捨てる。どうやら、俺が剣聖アーロンの横にいるのが、とても気に入らないようだ。

「フェイトか……見ない内にえらく出世したそうじゃないか。聞いたぞ、バルバトス家の家督を継いだと。どのような手段で取り入って、その地位を手に入れたんだ？」

「お前……」

俺が詰め寄ろうとすると、アーロンが手で制して止めてくる。そんな様子がラーファルのツボにはまったらしく、正気を失ったような大笑いが部屋中に響いた。こんな広い部屋でただ一人笑うなんて気味が悪い。

笑うだけ笑い、気が済んだのか、ラーファルは警戒する俺たちの横を歩いて通り過ぎる。

そして、リナ・ブレリックの前で立ち止まって言う。

「今日は記念すべき日になる。これから始めようとしていたら、すでに誰かさんによって始まっていたが、これも予定の範疇《はんちゅう》だろう。母様が亡くなった今日、この日。この力をもって、この王国を」

「ラーファル……⁉」

「そうさ、フェイト。お前から感じるぞ、同じ力を。どうだ、手に入れたんだろ？　何でもできる力を⁉　俺はこの力をもって、今まで成せなかったことを成し遂げる。言っておくが、俺が本物だ。あれ《ハド》とは違うぞ」

ラーファルの瞳の色が赤く染まっていく。ナイトウォーカーの瞳が更に深みを増した赤。思わず忌避したくなるような瞳を向けてくる。そこにあるのは憎悪。

そして、虚空から黒槍を取り出して、俺とアーロンに槍先を向けた。

「フェイト、もう一度しつけ直してやる」

第16話　血の大号令

ラーファルが持つ黒槍にいち早く反応したのはグリードだった。

『いかん！　ここは狭すぎる。一刻も早く、この場から離れろ、フェイト！』

しかし、それは遅すぎた。

距離を取ろうとした時には黒槍の穂先から、手元より少し先の柄《つか》までが、まるでどこかの空間へ呑み込まれてしまったかのように、ぽっかり無くなっていたのだ。

その刹那、虚空から穂先が現れて、俺の右側頭部を目掛けて飛んでくる。

くっ！　間に合わない。

「儂がいることを忘れてもらっては困るっ！」

アーロンがその間に聖剣を割り込ませて、黒槍の軌道を変えてみせた。

穂先は俺の頬を掠めて、床に突き刺さる。

「アーロン、ありがとう」

「礼はあとでいい。それよりもこの場では戦いづらいぞ」

そう言うが早いか、俺とアーロンはこの不気味なコレクションルームから壁をぶち破って出ていく。

外では案の定、化物となったハドが待ち構えていた。

「フェイトオオオォォ」

俺の名を呼び、飛びかかってくるハド。

形を変えて更に強くなった。だけど、それによって僅かに残っていたのかもしれない思考がほぼ失われており、戦い方は単調化している。

先ほどは後れを取ったけど、今なら後れは取らない。

「来い、ハド。俺はここにいるぞ」

「フェイト！」

血のように赤い目を滾《たぎ》らせて、俺を睨んで飛び込んでくる。上段に構えた二本の聖剣を俺の両肩に叩き込もうとするが、

「残念だが、お前の相手はこの儂だ」

俺はただの囮《おとり》。アーロンは俺しか見えないハドの首に聖剣を走らせて、切り落とした。

ボトッ。嫌な音が地面から聞こえてハドの頭が転がっていく。

首なしハドは倒れることなく、その場で止まった。しかし、この違和感……。

切り落とした首から一滴の血すら出ないのだ。普通なら噴火のように大量の血が吹き上がるはずだ。

「何てことだ……ここまで再生能力が……」

アーロンがそう言うのもよくわかる。切り落とした首から上が再生を始めたのだ。

未だに地面にはハドの頭が転がっているのにだ。

顎が現れて、鼻から眼球と頭部へ再生していく。

まさか、ハドは不死身なのか……こいつはどうやったら倒せるんだ。

俺とアーロンが顔を見合わせていると、後ろの建物――俺たちが開けた穴から、ラーファルがゆっくりと歩いてくる。

「どうした。その程度か！　がっかりさせないでくれよ、フェイト……それに剣聖様」

「ハドに一体何をした？」

「なに、俺の血を与えただけだ。誰かさんに酷い殺され方をしていたものだから、使えそうな魔物の部位を使ったくらいだ。俺はフェイト、お前に感謝をしているんだ」

ラーファルは俺たちの後ろで再生中のハドに目を向けて、つばを吐く。

「ハドを殺してくれて、ありがとう」

「⁉　……何を言っている？　お前の弟だろ？」

「フェイトは何も知らなかったな。しかし、アーロン様ならご存じのはずでは？」

聞かれたアーロンは浅く息を吐いて言う。

「ブレリック家には当初子供ができず、それに嫌気が差した前当主が妾に産ませたのがラーファルだ。念願の子を授かった前当主は大変喜んでおった。そして、その妾だった娘――リナと再婚したと聞く」

「そう、そこまでは良かった。しばらくの間、俺も母様も幸せな時を過ごした。だが、あの男はまた次を探してきた。なぜだと思う、フェイト。お前ならわかるはずだ」

「……お前の母が持たざる者だったからか」

「正解だ。あの男は母様の美しさに惹かれただけだった。家に入れて、何かと母様の素性が邪魔になってきたんだよ。子供が生まれたことに安心したのか、やはり、あの男は家柄の良い娘を欲したのさ。そして、生まれてきたのがハドとメミルだ。後はお前らが見た通りさ。持たざる者の母様は瓶詰め、半分出来損ないの血を引く俺はハドの保険だ」

「お前たちは仲が良かったように見えていたのに……」

知っている三兄妹《きょうだい》は、門番だった頃の俺を仲良くボコボコにしていた。

それだけではなく、目立ってラーファルがハドやメミルに対して嫌悪感を見せたことはなかったように思う。いつも、あの二人にとっては、導いてくれる良き兄だったはず。

「お前の目は相変わらず節穴だな。そんなことだから、ロキシー・ハートのことも気がつけないいんだよ。何も見抜けないお前はそうやって、周りに振り回されているのがお似合いだ」

ラーファルは黒槍を振るって、空間を飛び越えて攻撃をしてくる。

真後ろか⁉

体をひねって躱す。黒槍が脇腹を掠めた。

「なかなか良い反応じゃないか、褒めてやるぞ。体も温まってきた頃だ。そろそろ、始めよう……血の大号令だ。目覚めろ、我が眷属《けんぞく》たちよ！」

にやりと笑いながらラーファルは、得体の知れない魔力を放った。後ろで再生がようやく終わったハドがそれに反応して咆哮する。

うめき声が、次々と聞こえてくる。その声の先は、俺が侵入していた研究施設からだった。

数え切れないくらいの声の波が押し寄せてきて、耐えきれなくなった研究施設の壁を突き破り溢れ出す。

「こんなにいたのか……」

「フッハハハッ。どうだ、これほど数がいれば、王都はたちまち陥落する。くだらないスキル至上主義はここに潰《つい》える。お前だって嫌いだっただろ、このスキル至上主義の世界が。喜べ、フェイト。お前を苦しめてきたこの世界を俺が変えてやる」

「ラーファル、お前にだけは言われたくない！　それに、王都を乗っ取ったとしても、お前は持たざる者たちへ配慮することはないんだろ」

「そうさ。当たり前だろがっ。なぜ、強い俺が弱き者を思いやらなければいけない。俺はスキル至上主義を壊し、俺以外はすべて下僕の世界……平等な世界を作ってやるさ」

　この数、俺とアーロンだけでは抑えきれないぞ。

　それに前はラーファル、後ろはハド。俺とアーロンが互いに背中を合わせて睨み合っていると、グリードが《読心》スキルを介して言ってくる。

『ラーファルとやらを観察していたが、あいつはナイトウォーカーの始祖を取り込んでいる。あの目の色には見覚えがある。それに、あの男は言った。ハドに自分の血を与えたとな。なら、話は簡単だ。王都がナイトウォーカーで溢れかえる前にラーファルを殺せ』

「ラーファルを倒せばいいのか⁉」

『そうだ。始祖を殺せば、血で繋がっている眷属も断てる。言っておくが、ラーファルを殺しても、ナイトウォーカーになった者は元には戻らないぞ。灰になるのみだ。それに始祖になったラーファルの魂は他と違ってまだ劣化していない。お前が喰らっても大丈夫だろう』

それは吉報だ。ハドのあまりの不死身っぷりにどうしようかと思っていたところだ。

狙うはラーファルのみ。

俺は黒剣を黒弓に変える。そして、アーロンに言う。

「グリードからの情報です。ラーファルがこの化物たちを操っています」

「なるほど、この騒ぎを止めるには、ラーファル・ブレリックを殺さなければいけないか」

「……はい」

アーロンは聖剣に魔力を更に込めて、攻撃力を高めていく。

「ならば、ハドは儂が引き受けよう。フェイトはラーファルだ。だが、あのナイトウォーカーの数では乱戦必至」

「わかりました。時と場合によっては、交差させましょう」

「そういうことだ、いくぞ」

黒弓を引いて、ラーファルに向けて魔矢を放つのを合図に互いの背中を離す。

俺の長きにわたり、因縁だったブレリック家との戦いが始まったのだった。

第17話　虚飾の黒槍

俺が放った魔矢をラーファルは黒槍を用いて、容易く貫いてみせた。単純な攻撃では奴に届かない。

研究施設から出てくるナイトウォーカーの数も増している。アーロンが不死身となったハドを抑えながら、増え続けるナイトウォーカーを斬り止めていた。

そんな背を向けた彼に、ラーファルが視線を向ける。いけない、俺の相手をすると見せかけて、空間を飛び越える黒槍でアーロンを貫く気だ。

素早く黒弓を構える俺にグリードが早口で言っている。

『魔矢に砂塵魔法を付加して、黒槍の穂先を狙え！』

言われた通りに、魔矢に砂塵魔法を付加して放つ。土属性を内包して茶色に変化した魔矢は、ラーファルが持つ黒槍の穂先へ一直線に飛んでいく。

ラーファルがそれに気がついて煩わしそうに黒槍で弾いた。そして、そのまま黒槍で空

間を越えて攻撃しようとするが、

「何っ！」

　土属性魔法によって穂先にこびりついた砂と石が、空間跳躍に干渉したのだ。

　それを見た俺がグリードに言う。

「いい方法を知っていたなら、早く教えてくれよ」

『悪かったな。俺様とて、あの黒槍をよく知っているわけではない。昔に見た姿からかなり変わっていたので確証は得られなかったが、あの空間跳躍攻撃は紛れもなく大罪武器プロトタイプであるバニティーだ』

「プロトタイプ⁉」

『ああ、あれには俺様たちのような心（安全機構）はない。より強い力を発揮するために、使い手の命を吸い続ける』

　苦々しく舌打ちするラーファル。穂先を地面に叩きつけ、その衝撃で付着した石を取り除いていく。

　その黒槍を持つ手からは血が流れ続けていた。

「吸うって、使い手の血なのか」

『そうだ。血を吸い続けてその生命エネルギーで、空間跳躍攻撃をしている。普通の人間なら、あっという間に血がなくなってミイラだろうさ』

「血を吸われても何ともないのは、ラーファルがナイトウォーカーの始祖の力を得ているから……」

『そういうことだ。あれもハドと同じ不死だろうさ。さあ、どうするフェイト』

「やるしかないだろ！」

『そうこなくては』

空間跳躍攻撃を一時的に封じた今がチャンスとラーファルへ近づこうとするが、溢れ出したナイトウォーカーたちが俺の前を塞ぐ。おそらく、ラーファルが操って、ナイトウォーカーたちを移動させたのだろう。

黒弓から黒剣に戻して、奴らからの噛み付き攻撃を躱す。時には足を切り落として行動力を奪いながら前に進む。そしてナイトウォーカーの群れから顔を出したところで、ラーファルの黒槍が目の前に現れた。

咄嗟に黒剣で受け止める。

「小賢《こざか》しいことをしてくれるじゃないか」

「だいぶ綺麗になったな。だが、直接来たということは、まだ使えないのか？」

「フェイトの分際で……言うようになったじゃないか。ついこの間まで、俺に顔を踏まれて命乞いしていた奴がな」

ぶつかり合う、俺が持つ黒剣とラーファルが持つ黒槍。互いの武器で受け止め、押し合う。

この身動きがとれない状況は俺の方が不利だ。なぜなら、周りにいるナイトウォーカーたちが俺を狙って、近づいているからだ。

グリードは俺に忠告していた。噛まれてしまえば、強力な呪詛によって、Eの領域すらも超えてダメージが入ってしまう。つまり、俺もナイトウォーカーになって、ラーファルの下僕だ。

ラーファルが俺に固執したように黒槍を向けてくるのは、たぶん俺を自分の下僕に加えたいからだ。

俺が知る限り、王都には少なくともEの領域にいる者が二人いる。それは王様の側近である甲冑で顔まで隠した白騎士たちだ。

その白騎士たちを従える王様だって、ただ者ではないはず。

ラーファルが俺たちに言ったように王都を制圧するなら、俺とアーロンを手中に収めておきたいところだろう。

「後ろがないぞ、フェイト」

喜々とした顔で更に力を込めて、黒槍を押してくるラーファル。

背後から聞こえてくるナイトウォーカーたちの叫び声。

しかし、俺はラーファルと向き合ったまま、安心していた。

「俺はお前のように一人で戦っているわけではないんだ」

「何っ！」

俺の背後で、ナイトウォーカーたちが切り裂かれていく音が聞こえた。

その瞬間に、俺の名を呼ぶ声が聞こえる。

「フェイト！」

呼応するように、視線を後ろのアーロンに移した隙をついて、黒槍を受け流す。そして、ラーファルの側頭部に格闘スキルのアーツ《寸勁《すんけい》》を蹴り込んだ。

派手に飛び散る肉片。俺はそのまま後ろへ飛び退き、アーロンと入れ替わる。

彼の後ろには、変貌したハドが黒い翼をバタつかせて、追いかけてきていた。いや、元々ハドは俺狙いで、それをアーロンが食い止めてくれていただけだ。

ちょうど、アーロンが俺の方へ向かったので、追いかける形になったのだろう。

「待たせたな、ハド」

「フェイトォォォォオオオオ！」

俺は暴食スキルの力を半飢餓状態にまで解放する。おそらく右目は忌避するくらい真っ赤に染まっているはずだ。

頭を切り落とされても死なないハド。人としての心はとっくに失われていて、Eの領域にまで達してしまったために崩壊してしまった怪物。

「これならどうだ！」

飛び込んでくるハドの二本の聖剣。一本は躱せたが、もう一本が左肩を斬り裂く。だけど、これくらいで俺は止まれない。

躱しながら、俺は上段に構えた黒剣をハドの頭から下半身に向かって走らせていく。

均等に右と左に分かれたハドは、地面を転がって近くの施設の壁に激突した。

息を荒くする俺の後ろでは、アーロンが頭を欠損したラーファルの胸を聖剣で突き刺していた。あの位置は心臓だ。

そのままの状態で聖剣をひねると声を張り上げる。

「グランドクロスッ!!」

アーロンが今までに溜め続けていた聖なる力が一気に解放されて、深夜なのに辺りは昼間のように明るくなった。まばゆい光の中でアーロンは自身の魔力を更に押し流す。

聖剣を突き刺されて、体の内部から聖剣スキルのアーツである《グランドクロス》を受けたのだ。

これほどの強力な攻撃。食らってしまえば、俺でも生きてはいないだろう。

光が収まった時、ラーファルの胸にはポッカリと大穴が開いていた。そこから見える景色――戦いによって瓦礫となった軍事区は異様なものだった。

冷え込んだ風が吹き抜けていく。そして、空からは雪がしんしんと降り始めていた。

ラーファルと対峙しているアーロンはどこか悲しそうに言う。

「これでも止まらないか、ラーファル・ブレリック」

「血が足りない。もっと血を寄越せ。これが剣聖の本気か……笑わせるぞ」

「くっ……グハッ」

聖剣から手を離して、地面にくずおれるアーロン。脇腹には空間跳躍した黒槍が深々と刺さっていた。

「下僕になれば、その痛みもまたすぐに消える。あなたが負った責からも解放してやろう。もう楽になれ、剣聖よ」

そして、ラーファルがアーロンの首元へ噛み付こうと口を近づける。

「させるわけがないだろ、ラーファル！」

黒剣を強く握って、剣先をラーファルの口に目掛けて狙う。

だがラーファルは、信じられないほどの力で黒剣を噛んで、俺の剣を止めてみせた。
その口からは、発達しすぎた犬歯が覗いていた。

第18話　血の渇き

俺は構わず、噛まれたまま黒剣を押してラーファルを一気に後方へと連れていく。

そのまま研究施設の外壁にぶつけて、アーロンのもとへ飛び退いた。

「アーロン、怪我は？」

「大丈夫だ。しかし、少しばかり血を流しすぎたか」

傷はステータスのおかげで、塞がりつつある。

地面には、それまでに流してしまった多すぎる血が広がっていた。俺から見てもアーロンの顔色は良くない。

それでも、彼は立ち上がる。そして、ラーファルがいる方向へ目を向けた。

崩れた外壁。その下から、積み上がった瓦礫を吹き飛ばしてラーファルが現れた。アーロンや俺が付けた傷はすっかり治っている。頭の一部が欠損、更に胸にあれほどの大穴が開いたにもかかわらずだ。

不死身であり、もう人ではないか……。人間の急所――失えば即死となる頭や心臓に攻撃を加えても、動く。人の皮を被った化物。そんなラーファルにアーロンは言う。

「そうなることが、果たしてリナ・ブレリックの望みだったのか？」

「うるさい、黙れ」

「もし実の我が子にこのようなことを望んだのなら、悲しいな。ラーファルよ」

「黙れと言っているだろうがっ！　くっ」

突然、ラーファルがその場に膝をついた。そして、呼吸が荒く、何かに耐えているようだった。

この感じは俺と似ている。暴食スキルが生き物の魂を喰らいたいと俺に訴えかけてくる……その飢えと同じように見えた。

俺はガリアでハニエルを喰らった時に、ルナの力を得た。彼女が暴食スキルを抑えてくれるおかげで、今では少しばかり魔物の魂を摂取するだけで均衡が取れている。

でも、それは半飢餓状態までだ。もし暴食スキルのすべての力を引き出してしまえば、ガリアで天竜と戦ったように戻ってこられなくなってしまう。

ロキシー様が、あれほどまでにしてくれて救われた命だ。もうあの力は使わないと決めている。

それに本当の飢餓状態に至ってしまえば、暴食スキルは間違いなく彼女を……欲するだろう。

ルナはロキシー様を柱と表現した。もし暴食スキルを治めるための人柱だとしたら、考えただけでも恐ろしい。

そして、目の前にいるラーファルからも、そんな自分では抑えきれない衝動をまざまざと感じられるのだ。

「クソッタレ、こんな時にまたか……チッ」

悪態をついて舌打ちするラーファル。何かに抗うように己の髪を掻きむしる。

そして太ももに巻きつけてあったケースから、二本の細長いガラス瓶を取り出した。その中には赤い液体が入っており、それを一気に飲み干したのだ。

「これだけでは、まだ足りないのか」

ラーファルの異変に伴って、ナイトウォーカーたちの規律が乱れていく。いつの間にか、この騒ぎを聞きつけた聖騎士たちや兵士たちが、遠くの方で応戦し始めていた。

その中には王直轄である白騎士二人の姿もある。

アーロンに顔を向けると、頷いて言う。

「王命が他の者たちへ届いて、やっと動き出したようだな」

「あの動きの鈍ったナイトウォーカーなら、彼らでもなんとかなりそうですね」

「そうだな、あとは」

再び、アーロンはラーファルに目を向けた。

「ラーファル、その力はお前には過ぎた力なのだ。強大な力には、代償がつきものだ。そして同じように責も生じる。しかし、お前はその力とすら向き合おうとしていない。儂が知っている者は、その力を恐れながらも向き合い前に進もうとしている」

「何を言うっ！　そいつだって俺を憎み、力を欲したはずだ。そう思うほどに痛め続けてやったんだからな。なあ、フェイト……俺が憎いだろ」

ラーファルは俺を挑発してくる。それを遮るようにアーロンは続ける。

「お前たちに何があったのかは、儂が知る由もない。ラーファルの言う通りだったのかもしれん。だが、初めはそうだったとしても、ハウゼンで儂と会ったフェイトの目にはそのような色はもうなかった」

俺の肩に手を置いたアーロンは力強く頷いた。

それに応えるように、俺は今言えることを伝える。

「ラーファル、お前は可哀想な奴だよ」

「やめろっ、お前にだけは言われたくない。ハドを殺したあの時を思い出してみろ、あの憎しみを！」

「……あの時の俺は否定しない。だからといって、いつまでも、あのままではいられないんだ」

黒剣をラーファルへ向けて、詰め寄る。いくら不死であっても、変調をきたして力が衰えつつあるのなら、拘束することは可能だ。

真っ二つにしたハドは未だに再生中で、元通りには至っていない。主《あるじ》であるラーファルの力が弱くなった証拠でもある。

案の定、ラーファルは黒槍の空間跳躍攻撃をせずに、俺を懐へ入れてしまった。

再び重なり合う、黒剣と黒槍。今度は俺の方がラーファルを押している。

「お前に聞きたいことがある。どこでその力を手に入れた？　その黒槍もだ」

「聞いてどうする？　俺がそれを正直に言うとでも思うか」

「なら、言わせるまで」

少しずつ少しずつ、黒剣を押していき、ラーファルの左肩へ食い込んでいく。

薄らと苦悶の表情を浮かべ歯を食いしばる。

不死だとしても痛みはあるようだった。それなら、俺に頭を吹き飛ばされて、アーロンに胸に大穴を開けられた時の痛みは、想像を絶するものだっただろう。

お前……そこまでしてでも。

そんなことを思ってしまった俺の目を、ラーファルは睨み返す。

「ハド、この出来損ないが！　俺の命令を聞け！　動きやがれっ」

再生中のハドが中途半端に引っ付いた体から、背中にある黒い翼を動かして飛び上がる。

アーロンがすぐさまハドに攻撃を加える。しかし片翼のみ切り落としただけだ。

飛び出した勢いのまま、ハドは俺とラーファルが対峙している場所に突っ込んできた。

たまらず、俺は飛び退いてハドを躱す。

そしてハドは俺とラーファルの間に入るように立ちはだかった。

「ハハッハ、偶には使えるじゃないか」

ラーファルはハドを盾にしながら、外壁の穴が開いた場所から研究施設へ入っていく。

そこは俺が最初に忍び込んだブレリックの研究施設だった。

「邪魔をするな、ハド」

折れた聖剣を振り回して、俺の行く手を阻もうとする。

ぱっくり割れたままの頭では、俺をしっかりと捉えるのも難しいようだ。

容易く腹を斬り飛ばし、上下に分断する。

俺は死ねないハドを転がす。この状態でも少しでも再生しようとしていた。

後ろからアーロンの声が聞こえる。

「ハドとナイトウォーカーは儂に任せろ。ラーファルを追え、お前のためにも決着をつけろ」

「はい、アーロンも無理はしないでください」

アーロンの傷は完全に塞がっているみたいだけど、失血が多い。本来なら安静にしておいた方がいいだろう。だがアーロンは戦いの場で、そのような弱音を吐かない人だ。この場は甘えさせてもらおう。

ラーファルを追って、建物内に入っていく。

どこへ行ったのか。上か……それとも地下か？

「きゃあああぁぁ……」

聞こえてきたのは、俺がハドによって吹き飛ばされた時にできた穴からだった。

この穴は地下へと続いている。

先ほどの悲鳴がラーファルに襲われた人のものだとしたら……奴がいるのは地下になる。

ナイトウォーカーの研究をしていたのも地下だった。奴にとって必要なものがそこにある可能性は高い。

それに先ほどの声には聞き覚えがあった。そう、ラーファルの妹であるメミルだ。

ハドに吹き飛ばされる前まで、俺はメミルを抱えていた。ラーファルがここへ降りて、メミルを見つけたのかもしれない。

妹に手をかけたのか……。嫌な予感しかしない。

思わず、柄を強く握ってしまったみたいで、グリードが《読心》スキルを通して言ってくる。

『おいおい、ここまで来て先に行かないのか？』

「今飛び降りようとしていたところさ。なあ、ラーファルは大罪スキル保有者になったのかな」

俺は穴の中へ飛びながら、グリードに聞く。

『それは保有者であるお前が一番わかりそうなものだが』

「何というか、似ているようで違う。変な感じなんだ」

『フェイトにしては、なかなかいい線を言うようになったじゃないか』

「何だよ、それ！」

『もうすぐ、わかるかもしれないぞ』

ハドを発見した場所。いくつもの巨大なガラスケースの中を赤い溶液で満たして、いろいろな生き物が収められた部屋が見えてきた。

第19話　崩壊現象

降り立った隠し研究室。並べられていた大きなガラスの容器は無残に割れており、中に保存されていた生き物たちが床に転がっていた。

流れて落ちた赤い溶液が、ゆっくりと床一面に広がっている。

その薄暗い部屋の奥、メミルのくぐもった声が聞こえてきた。

あれだけ目を覚まさなかった彼女。それが、今は辛そうな声を上げて、ラーファルに問いかけていた
「お兄様……なぜです？　なぜ、このようなことを」

しかし、奴は何も答えようとしなかった。

そして、何かを啜《すす》る音だけが聞こえてきた。

その先に行くな、見てはならない。という警鐘《けいしょう》が心の中で鳴り響く。

赤い溶液を波立てながら、それでも進んだ先で見たものは、予想通りすぎて悲しくなる。

メミルの首筋から流れる血をラーファルが啜っていたのだ。

ラーファルは俺から逃げる時に、しきりに血が足りないと言っていた。やはり力の行使には、定期的な血の摂取が必要なのだ。

それも、外に兵士たちや聖騎士たちがいたにもかかわらず、メミルの血を求めてここまで来た。これだけで、ただの血ではなく、特定の血を摂取しないといけないのだろう。

それがメミルなのだ。だから、この研究施設で監禁して定期的に採血していたのだろう。

俺が見つけた時は、かなりの血を採られた後で意識を失っていたのかもしれない。

そして、今やっと目が覚めたら、ラーファルからまた血を奪われている。メミルの様子からは、奴がなぜそうするのか。全くわかっていないようだった。

血を満足するまで吸ったラーファルは、メミルを部屋の隅に突き飛ばす。

「補充完了だ。たらふく飲んだぞ。見ろ、また力がみなぎってくる、いやそれ以上だ」

瞳は鮮やかな赤色に染まっている。それだけにはとどまらず、筋肉が発達して服がはちきれそうなほどに盛り上がっていた。

力に酔いしれるラーファルに、俺は黒剣を向けて言う。

「ラーファル、メミルはお前の妹だろ」

「妹？　まさか、俺はそう思ったことはない。まあ、懐いてきたので暇つぶしに相手をしてやっていただけだ……バカな女だ。母様を追い出した女の娘を、誰が妹と認めるものかっ！　今はこの力を保つためのただの道具だ。ハハハッハッ」

それを遠のいていく意識の中で聞いていたのか、メミルは静かに一筋の涙を流していた。

ラーファルはそんなメミルを見て、腹を抱えて笑っている。

「本当にバカな女だ。俺が物心ついた時から、人を見下すように教え込んでやったら、素直に覚えやがった。笑ってしまうほど、父親そっくりのくだらない人間に育ったものだ。フェイトもそう思うだろ？　お前のことをよくゴミ虫のように扱っていたよな」

「……ラーファル……お前……いい加減にしろ」

失血のために、メミルは完全に気を失っていた。首筋の傷は斬られたような感じで、そこから流れ出る血も止まりつつある。

ラーファルが噛んで血を吸わなかったのは、ナイトウォーカー化してしまうと血の摂取ができなくなるためだろう。

「さあ、第二回戦といこうじゃないか」

言うやいなや、ラーファルは黒槍を振るって、詰め寄ってきた。

三度ぶつかり合う黒剣と黒槍。今回は拮抗《きっこう》している。

半飢餓状態まで引き出した俺の力と、同じというわけだ。

「どうした、フェイト。お前の力はこんなものかっ」

「くっ……」

更に互いに力を同時に込めたことで、大きく反発して距離が空いてしまう。

ラーファルがにやりと笑い、黒槍を俺に向かって突き刺す。

グリードがすぐさま、《読心》スキルを介して警告してくる。

『空間跳躍が来るぞ。しかもこの感じは多段だ！』

「何っ」

一度の空間跳躍で死角から突いてくると思って身構えていた俺にとって、その攻撃は予想を超えていた。

やはり一度目は俺の右後ろから。それを躱す。だがラーファルは俺が移動する方向を見越して、瞬時に空間跳躍させてみせたのだ。

グリードから前もって、警告されていたのにこれは……躱せなかった。

左横腹に黒槍が深く突き刺さる。

「なかなかやるな、フェイト。心臓を狙ったのに、体をひねって躱したか。だが、当たったな。どうだ、痛いか？　痛いだろ？　昔を思い出すよな？」

「ガハッ……」

グリグリと黒槍をラーファルは押し込んでくる。

頭がしびれるような痛みが駆け抜けた。しかし、これで空間跳躍はできないだろう。

左横腹に刺さっている黒槍の柄を掴んで、砂塵魔法を発動させた。

「のんびり刺しているとは、間抜けだな……ラーファル」

「お前……放せ！」

「そう言われて、放す奴がいるかよ」

黒弓で砂塵魔法を付加して魔矢を放った時に学んだことだ。黒槍に魔力干渉をする異物が付着してしまうと、空間跳躍ができなくなってしまうのだ。

石化が俺の手にしている黒槍の柄から走っていき、空間を超えてラーファルが持つ位置まで行き渡る。

「ラーファル!!」

俺は魔力を高める。石化はそれだけにとどまらずにラーファルの指、手のひら、腕へと上がっていった。

そのタイミングを見計らって、脇腹に刺さった黒槍を引き抜く。そのまま力の限り横へ引っ張った。

石が割れる音がして、ラーファルの両手が砕け落ちる。

「ぐあああああぁぁ」

持ち主の手元から離れた黒槍は空間の歪みを抜けて、俺のところまでやってきた。

脇腹の傷は《自動回復ブースト》と《自動回復》が発動して、直《ただ》ちに治っていく。

『バニティーをあまり持つな。下手をすれば持っているだけでも血を吸われるぞ』

「わかった。俺の相棒はお前だけだしな」

『フェイトのくせにわかっているではないかっ！』

俺は黒槍バニティーを床に刺して、ラーファルに詰め寄る。

「黒槍をなくしたお前にはもう勝ち目はないぞ。もう諦めろ」

「何を言う。力はお前と同じくらいだ。まだこれからだ」

失った腕を再生させて、ラーファルは睨みつけてきた。

黒槍バニティーを失えば、俺にとってはもう敵ではない。

グリードはこの黒槍を昔の姿とは違うと言っていた。もしそうなら、ラーファルは黒槍の本来の力を引き出せていないことになる。

本来の力がどういったものかはわからない。だけど、あの空間跳躍が通常攻撃で、グリードや他の大罪武器と同じように奥義があったのなら、こうも簡単に取り上げることはできなかった。

どこで見つけてきたのか、ナイトウォーカーの始祖の力と黒槍バニティー。ラーファル本来の力ではないために上手《うま》く扱えず、追い詰められているように感じられた。

アーロンが言っていたように、ラーファルには扱いきれない過ぎた力なのかもしれない。

「もう一度言う。お前の負けだ」

「言っているだろがっ、がっがっがっがっがっ……がっ……」

「ラーファル？」

突如歯車が狂ったように同じ言葉を連呼する。

「待って、まだやれる。約束が違う。俺にもう少し時間をくれ……」

そう独り言を言うと、意識が落ちるように首だけが垂れ下がった。

顔を上げた時は、別人のような表情をしていた。まるで面白いものを見つけたと言わんばかりの子供のような顔だ。

「ラーファル・ブレリックには失望したよ。もう少し楽しめると思っていたのに残念だ。せっかく力を貸してやっていたのにさ。そう思うだろ、暴食くんに、グリードくん？」

何だ、急にどうなったんだ!?　ラーファルは俺のことを暴食くんとは呼ばない。

「まっいいか。体を再生するための苗床《なえどこ》としての価値はあったから。復讐心に満ちた体はいつの時代も美味だね。だけど、完全再生までには後もう少しかな。なら、それまでの時間、苗床として頑張った彼の願いくらいは叶えてやってもいいか」

ラーファルとは思えないほど笑顔を振りまきながら、言葉を紡ぐ。

「暴食くん、君に止められるかな。まずはこれだ！」

そして得体の知れないプレッシャーが俺を襲った。グリードが《読心》スキルを介して言ってくる。

『ここから、急いで離れろ！』

ラーファルが周囲一帯を吹き飛ばすような魔力を溜め込み始めたのだ。

黒槍をそのままにはしておけない。回収してここから離れようと思った時、倒れたメミルの姿が目に入った。

『早くしろ』

「ああ、わかっているけど」

『お前って奴は……』

メミルを抱き上げて、地下から一気に駆け上がり、研究施設の外へ飛び出す。

それと同時に研究施設が地下から跡形もなく吹き飛んだ。瓦礫は空高く打ち上がり、雪と交じって、王都中に降り注いだ。

軍事区はもとより、その他の区画からも悲鳴が上がっている。

俺を見つけたアーロンがやってきて聞いてくる。

「一体何があった。その娘はメミルだな。ラーファルはどうなった？　こちらのハドや他のナイトウォーカーたちは砂になって消えてしまったぞ。てっきり儂はフェイトがラーファルを倒したとばかり思っておったが……」

「それは……」

俺は研究施設があった場所の上空に立つ魔物らしき影を見つけていた。

Eの領域に至り、心を無くしたものは崩壊現象で、化物になってしまう。

なら、あれがラーファルだったもの――その中にいる他の何かなのだろうか。

俺は機能するのかわからないが《鑑定》スキルを発動させる。

【血塗られた翼を持つ者】
アンデッド・アークデーモン　Ｌｖ？？？
体　力：６・１Ｅ（＋８）
筋　力：６・３Ｅ（＋８）
魔　力：９・３Ｅ（＋８）
精　神：９・９Ｅ（＋８）

敏　捷：7・2E（＋8）
スキル：聖剣技、筋力強化（大）、暗黒魔法、精神統一

冷たい青い肌。額には二本の長い角が生えている。そして背には漆黒の翼を四枚。

ハドが化物になった時の姿を洗練したような感じだ。

レベルは見えない。

固有名称持ちの魔物——冠魔物だ。

ステータスは俺よりも高い。スキルに聖剣技と筋力強化（大）があり、どことなくラーファルだったらしき名残を残していた。

第20話　色欲の参戦

アンデッド・アークデーモンが持つ見たことのないスキル二つも《鑑定》しておく。

暗黒魔法：異空間から暗黒物質を召喚する。

精神統一：一定時間、技系・魔法系スキルの威力を5倍に増大させる。

暗黒魔法の説明にある暗黒物質とは何か？　もしかして先ほどの研究施設を吹き飛ばした力なのかもしれない。

予想していると、グリードが《読心》スキルを通して、同意してきた。

『フェイトの考える通りだろうな。暗黒物質はこの世界ではとても不安定な物質だ。形が保てなくなり、消えてしまう。その時に信じられないほどの高エネルギーを発するのだ』

「なら、さっきの攻撃で精神統一スキルを使っていたのかが、気になる」

魔法の威力を底上げするという脅威のスキル精神統一。問題は、あの攻撃に使っていたかだ。

もし使っていれば、この冠魔物はそれ以上の広域攻撃をしてこないだろう。

しかし、精神統一スキルを使っていないのなら、今の爆発の5倍の威力の魔法行使ができてしまう。

そんな魔法を連続行使されたら、王都が無くなってしまってもおかしくはない。

俺が持っている剛腕スキルがある。これは一定時間、ステータスの筋力を2倍にするスキルだ。なかなか強力なスキルだけどリスクがあって、使用後に反動で筋力が十分の一になってしまう。そして回復までに一日を要するのだ。

一時的にステータスまたはスキル効果を上昇させるものは、何らかのリスクがあると思っていたけど。精神統一スキルは違ったみたいだ。

そういったリスクがあれば、ステータスの大幅低下でわかるんだけど……。

『まあ、確証はないが……あの冠魔物は使ってはいないだろう』

「ラーファル、その中に今入っている奴は言ったんだ。ラーファルの願いを叶えると」

あんなに自信たっぷりに言っておいて、これだけで済ませるはずがない。

未だ上空に浮かぶ、アンデッド・アークデーモンは目を閉じて沈黙を続けていた。

横目でアーロンを見る。消耗した状態で今もなお肩で息をしていた。それは当人もわかっているようだ。俺と同じ鑑定スキル持ちであり、今の状態が長年の経験からも危機的であるとよくわかってるようだった。

「儂はここまでのようだな。この状態で共に戦っても足を引っ張ってしまうだろう。フェイト、メミルをこちらへ」

「はい、お願いします」

俺が抱き上げていたメミルを、アーロンに渡す。彼は優しく彼女を受け取ると容態を聞いてきた。

「彼女は、大量に血を失っています。安静にさせてください」

「わかった。しかし、あれの暴れようによっては、屋敷の方へは連れていけないだろう。儂たちは可能な限り住民を率いて、ホブゴブの森に退避することにする。なんせ、あれほどのステータスだ……もっと遠くへ行かねばならんかもしれん」

アーロンは苦虫を噛み潰したように言った。

その時、後ろから声がかかる。

振り向いて見れば、白騎士たちが駆けてくるではないか。

二人に挟まれるようにして、やってきた胸の大きな青髪の女性を見て、俺は顔をひきつらせた。

「待たせてしまったね、フェイト。でも、ギリギリセーフかな？」

「遅すぎるよ。あれっ、あれをどうにかしないと、王都は終わりだぞ、エリス！」

するると、白騎士たちはいきり立って、俺に白槍を向けてくるではないか!?

「彼はいいんだ。槍を下ろしなさい。フェイト、いろいろ言いたいことはあるだろうけど、大変危険な状況だから、詳しい話は後にしようか。アーロン・バルバトスもよろしいですか？　あなたの報告、感謝しますよ」

突然のエリスの登場に訝《いぶか》しげにしていたアーロンだったが、何か思い当たることがあったようで、ハッとした顔をして頷いた。

「アーロンは理解が早くて助かるよ。フェイト、実はね……ボクがこの国の王なんだよ」

「なっ!?　くそっ、何で秘密にしていたんだよ！　後で絶対に聞いてやるからな」

そして、エリスが持っている黒い武器――黒銃剣《こくじゅうけん》に、背筋が凍るほどの思い出がよみがえったが、これも今は呑み込んでおこう。だが、このエンヴィーが共に戦ってくれるなら、これ以上ないくらい心強い。

でも、俺がバルバトス家の当主として、王様に謁見した時にはどちらだったのか気になってくる。

「エンヴィーは初めは頑固でね。どうやら、ガリアで君に負けてしまったことが、かなりショックだったみたいだよ」

「そう……今は何て言っているの？」

「もう好きにしろってね。僕は負け犬だってさ」

にやりと笑い、鞘に収まったエンヴィーを擦《さす》る。何だか、物凄く嫌がっているように見えて仕方ない。

「話もこの辺にしておこうか、お前たちは王都民たちの避難誘導を！　相手は天竜をゆうに超える力を持っている。その余波だけでも、王都が陥落《かんらく》してもおかしくはない」

「「はっ！」」

白騎士たちはエリスの指示に従って、兵士たちや聖騎士たちを集めて、退避を始める。

アーロンもそれに続き、メミルを背負って走り出した。

「フェイト、また後で会おう」

「はい、メミルのことを頼みます」

「わかった」

遠ざかっていく彼らを見送る。そして視線を戻して言う。

「そろそろ、動き出しそうだ。いけるかい、エリス？」

「久しぶりの実戦だけど、頑張ってみるよ。知っていると思うけど、ボクは支援系だからね。前線は君に任せるよ」

久しぶりといえば、大罪スキル保持者同士の共闘はマイン以来だな。

ん？　マインは何をやっているんだ。かなり騒ぎが大きくなっているのにさ。

だがもう考えている暇はなさそうだ。

俺は黒剣を構え、エリスは黒銃剣の銃口をアンデッド・アークデーモンへ向けた。

第21話　暗黒物質

アンデッド・アークデーモンは大きく四枚の翼を広げながら、何かを唱え始める。

エリスとグリードがすぐにその動作に反応する。

「いけないわ」

『いかんぞ』

使おうとしているのは俺でもわかっている暗黒魔法だ。異次元から不安定な暗黒物質を召喚して、大爆発させる魔法。俺が持っている火炎魔法など、あれに比べればしょうもないとも思えてしまうほどだ。

現れ出した五つの空間の歪み。そこから、暗黒物質を呼び出そうとしているのだ。

「グリード！」

俺は黒剣から黒鎌へ形状を変えて、その空間の歪みに向けて飛び立つ。

この魔法は詠唱時間が他の魔法よりも長いみたいだ。だから、少しでも邪魔をされないように上空で行使しようとしているのか。

黒鎌は発現した魔法を断ち切ることができる。重要なのは、魔法として発動している時のみ効果を発揮するということだ。つまり、あの暗黒魔法で有効なのは異空間への穴を開けるまでが該当する。

一度、そこから暗黒物質が現れてしまえば、この黒鎌で斬ったとしても打ち消せない。下手をすれば、斬った衝撃で大爆発しかねない。この世界に顕現すると、数秒も形が保てない品物だ。

まだ、空間の歪みは口を開けていない。間に合うか⁉

問題は数が五つもあることだが……。

切り裂きながら、数える。

「一、二、三……」

残り二つが届かない……。更に加えて、アンデッド・アークデーモンが詠唱をしながら、俺に襲いかかってきたのだ。

「くっ」

空中で体勢が上手く取れない中で、叩き落とすように手を振るってくる。

しかし雷鳴のような音と共に、俺に接近していたアンデッド・アークデーモンの頭が、ぐるんと明後日《あさって》の方向を向いた。そして頭から青い血が流れ落ちる。

「フェイト、今だよ」

エリスだ。後方から予《あらかじ》め言っていた通りに、援護してくれているのだ。

黒銃剣から放たれた一発の魔弾が、アンデッド・アークデーモンのこめかみに当たったのだろう。かなりの衝撃だったのに撃ち抜けていないのなら、あの冠魔物の防御力は相当なものだ。

俺は身じろいだアンデッド・アークデーモンの頭角を掴んで、蹴り飛ばす。その反動を活かして、残った空間の歪みに向かう。

「……四、残り一つ……チッ⁉」

思わず舌打ちが出る。四つ目を無効化した時には、五つ目の空間から暗黒物質が現れかけていたからだ。急いで魔法を斬り飛ばすが、拳大の暗黒物質がこぼれ落ちてしまった。

光のすべてを吸い込んでいるかのように黒すぎるそれ全体に、細かい亀裂が一瞬にして生じる。そして、ゆっくりと砕けていく。

『フェイト、俺様を魔盾に変えろ！　巻き込まれるぞ！』

黒い光に包まれる前に魔盾に変えられたが、至近距離で恐ろしいほどの爆風に呑み込まれてしまう。

一瞬、視界が真っ白になる。気づけば俺は物凄い速さで地面に向かっていた。

このままでは頭から地面に激突してしまうだろう。咄嗟に体をひねって、着地を試みる。

視界の端では、エリスがアンデッド・アークデーモンを引きつけてくれていた。

着地と同時に両足を踏ん張って、そのまま戦いの中へ割り込む。

「大丈夫かい？」

「ああ、これのおかげでね」

大きな黒盾をエリスに見せるように、彼女に襲いかかってきていたアンデッド・アークデーモンに叩きつける。

吹き飛ばされたお返しだ。

アンデッド・アークデーモンは鈍い音を出しながら、地面を転がっていく。だが、すぐさま体勢を立て直して再び空中へ上がっていってしまった。

今度はさっきよりもずっと高い位置だ。雪雲の中へと消えてしまったのだ。

逃げたわけでは決してない。

普通の目では追うことができないが、今の半飢餓状態になった右の赤目なら、魔力の流れを追える。

意識を集中して開眼すると、思った以上のことが雪雲の中で始まっていった。

「エリス！　雲の中で……」

「これはまずいね。なんて数だ……」

数は三十……いや四十……。クソッ、まだ増えている。

そんな数を同時に多重詠唱できるなんて、思ってもみなかった。

空を見上げる俺にグリードが《読心》スキルを介して言ってくる。

『ただの冠魔物なら、あれほどのことは無理だろう。中に得体の知れない者が入っているのだ。それを忘れるな』

「そうだけど……このままじゃ」

エリスは支援系だと言っていた。あれほどの攻撃を止める火力があるとは思えない。

彼女の顔を見ると、お手上げってポーズをされてしまう。

その時、王都中に警報が発令された。鳴り響くけたたましいサイレンに、思わず耳を塞ぎたくなるほどだ。

どうやら、やっと避難が始まったばかりか……。このままでは、上空にある空間の歪みから大量に発生する暗黒物質によって、王都を吹き飛ばすほど爆風が起きたら、王都民たちが巻き込まれてしまう。

距離が離れているから、直撃よりも威力は低いだろうが、あれほどの数だ。

先ほど俺がくらった威力から考えても、聖騎士レベルでなければ生き残れないくらいの爆風になるだろう。一般スキルしか持たない者では、生き残れるはずがない。

『フェイト！　何をやっている？』

こんな時でも俺をからかうように声をかけてくるグリード。これは……勝手に……。

黒鎌から黒弓に変わってしまったのだ。

今までは俺がいつも形状を変えていたのに、こんなのは初めてだった。

『そろそろ、第一位階を使いこなす時ではないか？』

「ここでかっ⁉」

狼狽《ろうばい》する俺に、エリスまで飛びついてきて、賛成してくる。

「せっかく、ガリアで特訓した時にいろいろと教えてあげたのに、出し惜しみしちゃって

……さあ、出しちゃいなよ！」

「やめろ、くっつくなっ！」

「でも、これしかないと思うけど、ボクも最適解だと思うな」

こういう時だけ、息が合うんだよな。

ふぅ〜。大きく深呼吸して、グリードに言う。

「俺からステータスの10％を持っていけ」

『よく言ったぞ、フェイト！　では早速、いただくぞ！』

俺のステータスを奪って、この強欲な武器は、成長して変貌していく。

禍々しい姿になり、更に大きく育ったグリードは、武器というより兵器といった方がしっくりとくる。

ここまではいつもと同じだ。第一位階である《ブラッディターミガン》だ。

グリードやエリスが言ったのはここから先があるのだ。

これは単に俺のステータスを得たグリードの力だ。今まではその力を借りていたに過ぎない。

俺がやろうとしているのは、ここから先。この奥義を己の武器として……兵器として修めるのだ。

暴発したら、ここら一帯吹き飛ぶっていうのに、こいつらは……。

でもここまで来て、もう引くわけにもいかない。

俺が持つ大罪スキル——暴食の力を合わせるのだ。そうだ、ガリアで使った変異派生だ。

通常の奥義でもとんでもない威力があるのに、更に攻撃力が飛躍的に引き上がる変異派生させるのだ。おまけに通常の奥義ではグリードが制御してくれるのに、変異派生させてしまうとすべてが俺に委ねられるのだ。

俺はこの制御に苦労して、ガリアの地でエリスとマインに睨まれながら、気を失うまで訓練することになったのだ。第一位階を使ってステータスが減ると、魔物を倒して補充。形になるまで解放されないという……まさに地獄だった。

まずまずの制御ができるまでになったけど、こんな実戦で使うことになってしまうとは……。

『集中しろ、フェイト』

「ああ、やってやるよ！」

弦を引いて、空高くにいるアンデッド・アークデーモンの魔力を追う。ここか……しっかりと狙いをつける。

魔力が収束した黒い魔矢が、はちきれんばかりの稲光のような黒い筋を発生させている。そして集中して変貌した黒弓と一体化するように意識を溶け込ませ、それを暴食スキルと繋げるのだ。

「変異しろ、ブラッディターミガン！」

掛け声をかけてもっと深く、もっと深く、同化させる。臨界点まで達した時に、黒い魔矢に変化が始まった。

真っ直ぐな一本の魔矢が、二重螺旋に変わったのだ。

いける！　俺は迷わず、変異派生《ブラッディターミガン・クロス》をアンデッド・アークデーモンへ放つ。

巨大な二本の黒い稲妻が螺旋回転しながら、王都から空を隠していた雪雲を呑み込んだ。

その中にあったもの……すべてを。召喚中だった暗黒物質、召喚していたアンデッド・アークデーモンをまとめて空の彼方へ連れ去っていく。

そして、まだ夜なのに太陽が現れたかのような光を発したのだ。

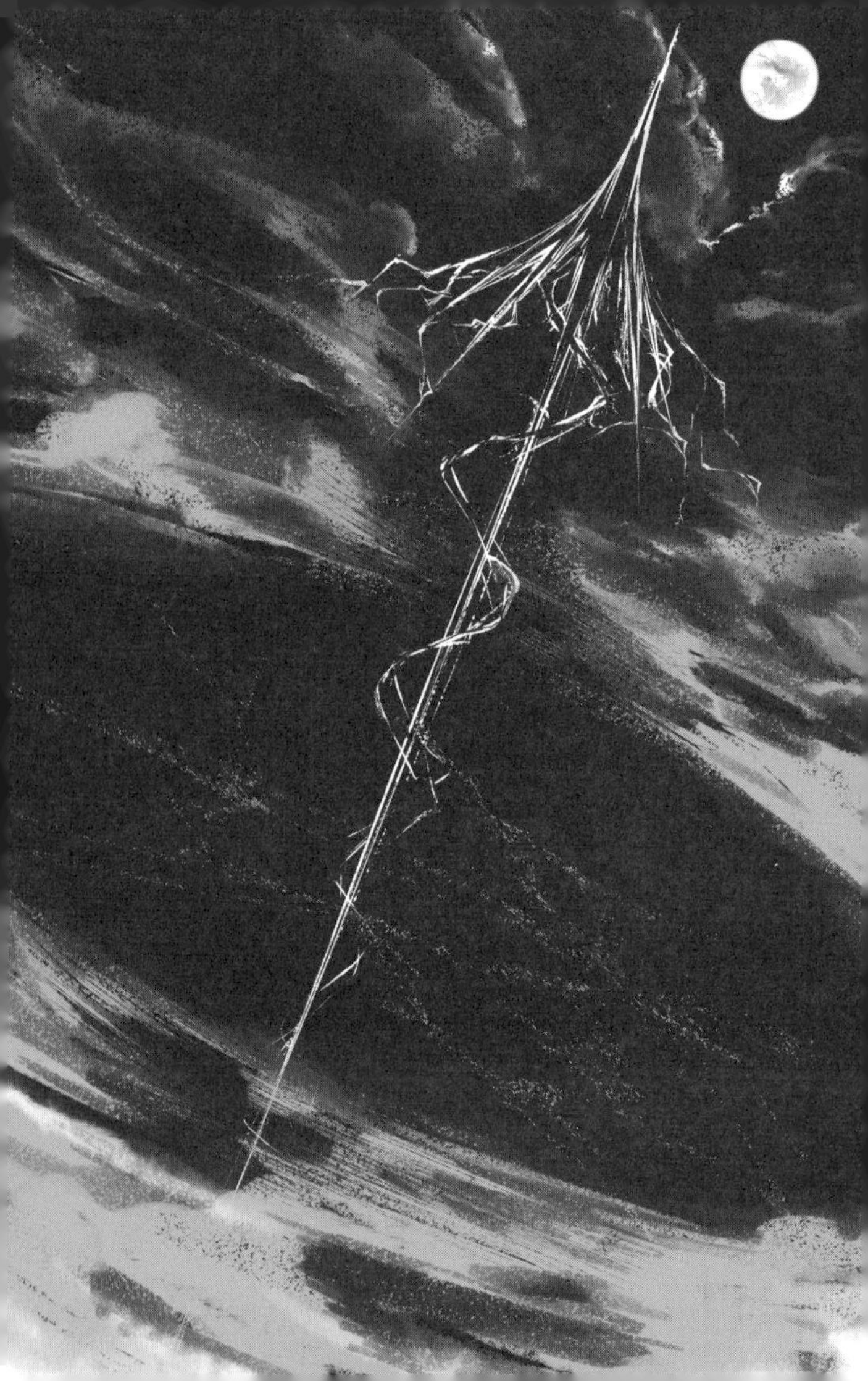

第22話　押し潰す黒斧

未だ鳴り止まない避難サイレン。

上空では、かき乱された雪雲の隙間から月が顔を出していた。

俺が放ったブラッディターミガン・クロスと、アンデッド・アークデーモンが召喚しようとした大量の暗黒物質が合わさっての大爆発だ。

これほどの威力がある攻撃を受けて、生き残れるはずがない……そう思いたいけど、まだ倒せていないという確証があった。

無機質な声によるステータス加算とスキル追加のお知らせが、頭の中で聞こえてこないからだ。

右目を凝らして、空の彼方へと魔力感知を引き上げる。

「生きているか……」

「みたいだね。あれは不死系だからな」

魔力反応から弱っているのは感じられる。ただ今、再生中といったところか。

敵までの距離が遠いな。変異派生させた第一位階の有効射程まで飛ばした。なので、それを超える射程距離の攻撃を持たない俺には為《な》す術《すべ》がない。

アンデッド・アークデーモンの王都全体攻撃を防いだのはいいが、もしあのまま逃げられたらまずい。王都を破壊するとまで言っていて、逃げるとも思えない。

地上戦しかできない俺たちには相性が悪い敵か……。

「全盛期と同じ力が出せたらな。まだ戦いようがあるんだけどね」

エリスは久しぶりに扱う黒銃剣のため、まだうまくコントロールできないのだという。それにエンヴィーが好きにしろと言いつつ、まだ心を開いていないそうで扱える補助は二つしかないと苦笑いされた。

扱える補助を教えてくれる。

ファランクスバレット（チャージ5）：魔力オーラを展開して、3回まで攻撃ダメージを飛躍的に低減する。

バニシングバレット（チャージ7）：姿と気配を消す。ダメージを受けると解除される。

強そうな力だった。

この黒銃剣の補助バレットはすぐに使うことができない。攻撃魔弾を撃って、敵に当てる度にチャージされていくのだという。

チャージ5とは、五発の魔弾を敵に当てると使えるそうだ。

黒銃剣の装弾数七発。撃つごとにリチャージに三十秒かかるそうなので、無駄撃ちをしていたら、この補助バレットはうまく使えないだろう。

残弾管理とチャージ管理をしながら戦わないといけないので、俺なら混乱しそうである。

「こんなものかな。チャージはかなりできているけど、なんせこの場面で使えるものがないんだよね。また、上空からさっきと同じことをされたら、チラリ」

「何回もあれは撃てないぞ！」

「もう一回くらい、いけるよっ！　元気そうだし」

何度もそんなことをやっていたら、ステータスが大きく低下してしまう。そうなったら、アンデッド・アークデーモンとまともに戦えなくなる。

エリスと一緒にいて、いつも思っていたけど、彼女には戦いの緊張感というものが皆無なのだ。

今も危機的な状況だというのに飄々《ひょうひょう》とした顔をしている。

もしかしたら、王都が破壊されて自分も死んでしまうかもしれないのに……。

「何ていう顔をしているんだい。あっ、もしかしてボクのお気楽な感じがまずかったのかな？」

「……うん」

「長いこと生きているとね。死ってものに鈍感になってしまうんだ。自分の死も他人の死もね。ああ、言いたいことはわかっているよ。でも仕方ないんだよ、これぱかりはね」

エリスは小さな声で、「これでも昔は繊細な少女だったんだよ」と言う。自分で言ってしまうのはどうだろうって思った。だけど、そんなことをはっきりと言えてしまうほど、今では繊細ではなくなってしまったというわけだ。

「でもね。昔でも今でも、決して薄れないものがボクにはあるんだよ」

そう言ってエリスは俺を見つめてきた。その目は俺ではない誰かを見ているようだった。

他愛もない会話ができてしまうほど、手持ち無沙汰に陥っている。

そんな中、またしても強大な魔力が上空から放たれた。

「マジか……これは……」

「精神統一スキルを使ったみたいね。フェイトが吹き飛ばしたから、なりふり構ってはいられなくなっちゃったみたい」

　空が割れた。そこからは夜空よりも黒い空間が顔を出している。

　月や星々はその空間の後ろに隠れてしまって見えなくなった。まるでパックリと割れた空間に吸い込まれていっているようだ。

　これが、精神統一スキルで底上げした暗黒魔法の力なのか……。おそらく、前回みたいに多重詠唱ではない。これは、ありったけの魔力を込めた単詠唱だろう。

　エリスの言う通り、もう一度ブラッディターミガン・クロスを撃つべきか？

　黒弓を見つめるが、グリードは沈黙を保ったままだ。

　自分で決めろってことだろう。

　握っている黒弓に更に力を込めた時、もう一つの強大な魔力を感じた。

　エリスも同じだったようで、その方向へ視線を向ける。

「王都のお城の天辺から感じる」

「あっ、あの娘《こ》……このタイミングでご登場とはやってくれるね」

《暗視》スキルをもってしても、この距離だ、彼女の顔まではっきりとは見えない。だけど、白い服を風になびかせて、手には大きな黒い斧を持っている。

　このシルエットだけでも、容易に誰だか想像できてしまう。

遅れてやってきてくれたのは、マインだった。しかも、あんな場所にいるとは……。

彼女は空を見上げると、持っていた黒斧を夜空に向けて投擲《とうてき》したのだ。

あまりに速く、その軌道を追うことすらできなかった。

聞こえてきたのは、大気が震えるほどの衝撃音だった。途端に、上空で展開されていた暗黒魔法が消えていく。夜空に開かれた異空間の大口は閉じていっている。

元の夜空に戻った時には、俺たちがいる付近に、黒いものが物凄い勢いで落ちてきたのだ。

とんでもない質量だったようで、軍事区が大きく揺らいで地震かと思うほどだった。

クレーター状になったところに近づくと、アンデッド・アークデーモンが黒斧に押し潰されている。

ジタバタと手や足を動かしているが、黒斧はビクリともしない。

黒斧スロースには攻撃すれば攻撃するほど、重くなる性質があるのだ。そういえば、夕方辺りにアーロンと模擬戦をしていたな。

その時に得た重量をそのままにしていたみたいだ。マインはいつも黒斧の重さをリセットするのを忘れて、庭に置いておく癖があるのだ。彼女に聞くと盗難防止だそうだ。

藻掻《もが》くアンデッド・アークデーモンを見るに、対策として間違っていない。でも、バルバトスの屋敷の庭が陥没してしまうのだ。

何とも言えない顔でアンデッド・アークデーモンを見ていると、

「どう、いい感じに落ちた？」

暗闇の中から現れたマインが、淡々と聞いてきた。

「遅かったね。マイン」

「来てくれて助かったよ」

「うん、間に合った。屋敷で寝ていたら、アーロンに起こされたから」

マインは俺のもとへやってきて、前髪を上げて見せてくる。

「アーロンにやられた。痛かった」

おでこがほんのりと赤くなっているように見える。たぶん、声をかけても一向に目を覚まさないマインに、アーロンは最終手段を使ったのだろう。

メミルを抱えて急いでいた彼は、持っていた聖剣の鞘で小突いたのだそうだ。

「でも、緊急事態だから、許した」

「そっか……アーロンも大変だったんだな」

マインはアンデッド・アークデーモンを一瞥すると、俺を見て呆れたような顔をした。

「まだまだ。これくらいに押されてしまうなんて。それに色欲がいて、この醜態はどうして？　ねぇ、どうして？」

「それは、実戦のブランクがありすぎてね……ごめんなさい」

目で殺すって感じで睨まれたエリスは俺の後ろに隠れてしまう。

マインは敵を見定めて、言う。

「分離しないと……そのためにはアンデッド・アークデーモンを倒す。フェイトなら、殺せない敵を倒す術を持っている。あれを使えばいい」

マインは分離と言った。少し見ただけで、このアンデッド・アークデーモンに何かが取り憑いているのがわかったようだった。

第23話　ラプラスの眷属

マインが言ったあれとは、おそらく第二位階の奥義である《デッドリーインフェルノ》のことだろう。

以前にマインと一緒にガリアで戦った機天使《キメラ》ハニエル。どんなに攻撃しても再生してしまい、不死と言っていいほどの敵だった。この力によって、マインがいくら強くても倒せなかった。だから、彼女は手伝いと言って、俺に協力を求めたのだ。

そして、不死身なハニエルを倒すために使用したのが、《デッドリーインフェルノ》というわけだ。それは俺の全ステータスの20%を吸い取って、変貌を遂げた大鎌だった。

効果は、刃《やいば》に込められた膨大な呪詛によって、どのような相手――不死者でも腐らせて即死させる。必滅の一撃というわけだが、攻撃する場所が決まっている。それは急所となる全身の中で魔力が集中する場所だ。

そこへ大鎌を斬り込むことで、呪詛を流し込み全身へと巡らせる。体に行き渡ると再生すら許されずに、たちまちにすべてが腐って死ぬのだ。

だからこそ、攻撃にはミスが許されない。場所を間違えれば、効果は発揮されずに全ステータスの20％が無駄になってしまうだろう。

ミスをしないためにも、俺の半飢餓状態には、魔力の流れを読める力がある。常時、使える力ではなく、意識を集中しないと見ることはできない。

俺はマインとエリスに、アンデッド・アークデーモンから離れるように言う。足元で未だに上に載った黒斧の重さによって、身動きが取れずに藻掻いていた。

まずは意識を集中して、アンデッド・アークデーモンの魔力の流れを読む。

魔力の源泉がある場所は額の黒い角が二本ある間だった。幸いにも黒斧の下敷きになっている場所でなくて良かった。黒斧をどかしてからの攻撃は面倒で、最悪もう一度大暴れされかねないからだ。

俺は黒弓から大鎌にしてグリードに言う。

「俺から全ステータスの20％を持っていけ、《デッドリーインフェルノ》でラーファルを弔ってやる」

『わかった。しかし、いいのか。あれはEの領域だぞ』

「大丈夫さ……もうガリアの時の俺とは違う」

ガリアで天竜を喰らった時、暴食スキルに呑み込まれそうになりながら、ロキシー様によって意識をすくい上げてもらった。俺は暴食スキル保持者だ。スキルから飢えがある以上、この先ずっと戦いから背を向けることはできない。

戦う敵は弱い奴ばかりではない。Eの領域にいる敵だって、これからはもっと出会ってしまうかもしれない。いや、予感ではなくこれは確信だ。

マインやエリス――同じ大罪スキル保持者たちと共に行動するのなら、そんな化物たちとの戦いは避けられない。俺は彼女たちがいる場所へと踏み込んでいくのだ。

いつまでもロキシー様に頼っていては、俺はその心の弱さから、きっとガリアと同じような結果しか導き出せないだろう。

「やってくれ、グリード！」

『お前の覚悟、伝わってきたぞ。良かろう、お前の20%をいただくぞ』

全身の力が抜けていくような感覚に襲われる。そんな俺とは正反対に黒鎌グリードは成長していく。

現れたのは並んだ三枚刃の大鎌。見ようによっては獣の爪を思わせる容貌だった。

サイズアップした黒鎌を振り上げて、アンデッド・アークデーモン――ラーファルだった者へ向ける。

「お前は力の使い方を間違えたんだ。俺もそうだったから……」

俺はハド・ブレリックを殺した。こいつはロキシー様をはめてガリアに送る片棒を担いでいたし、王都内の孤児たちを誘拐しては私欲のためになぶり殺していた。そして俺には五年間、人間扱いもされずに痛めつけられた恨みがあった。

それでも……俺はハドを殺すべきではなかったのだ。誰も裁いてくれないなら、この力を以《もっ》て裁いてやろうなんていう発想は、俺の大事な人たちを悲しませる行為でしかなかった。

アーロンに伝えた時だって、彼は悲しい顔をしていた。それにロキシー様に残してきた別れの手紙に、俺のすべてを告白したのだ。

もちろん、俺がハド・ブレリックを殺したこともだ。その他にもハート家の領地で、冠魔物であるコボルト・アサルトを倒すために、北側の渓谷を破壊してしまったこと……そのことを自分がやったのではないと嘘をついてしまったこと。

隠し事が隠し事を呼び寄せて、気がつけば……ロキシー様に数え切れない嘘をついてしまっていた。彼女の力になりたいなんて言っておいて、暴食スキルのことを知られたくなくて、身勝手に偽り続けていた自分にはお似合いの末路だった。

手紙に書いてみて、思い知らされたのだ。

だから、あの髑髏マスクに頼らずに、俺が俺として生きていけるようになったら、改めて彼女に心から謝りたいと書き残したのだ。

それでもすぐに、俺は俺になれなかった。一度手を出してしまった偽りの自分が髑髏マスクの下にいて、俺に囁《ささや》くのだ。

暗く重い声が聞こえて、それが暴食スキルの声と錯覚してしまったくらいだ。

俺の中にはラーファルと同じような凶悪なものを宿してしまっているのかもしれない。

そんな一面は、ガリアから帰ってきてからも俺を蝕んでいくのを感じた。

王様との謁見時、聖騎士ランチェスターとの一件でも、そんな心の闇が顔を出してしまって、アーロンからも指摘を受けてしまった。そしてブレリック家の研究施設でも、あまりの惨状に心の隙をつかれて引き込まれそうになった俺は、グリードによって我に返れた。

Eの領域を経て、わかってしまったんだ。

どれほど強くなろうと、人のままでありたいと願う以上、一人では生きていけない。

強い力があるために、大きな間違いを犯してしまうかもしれない。そんな時、それを良い方向へ導いてくれる仲間が必要なのだ。

俺は強い力を持っているが、心は普通の人と変わらない。そんな当たり前のことを認めて、初めて……今、自分が見えているような気がする。

「ラーファル、俺はお前と同じだって言っていたよな」

もう俺の言葉に反応する意識もないようだった。ラーファルの心はここにはないのだろう。

それでも言っておきたかった。

「初めは憎しみの中で生きる俺たちは似ていたんだと思う。お前が俺で……俺がお前だった」

静かに変貌を遂げた黒鎌を振り上げる。

「だけど、もう終わりにしよう。今はもう……お前はお前で、俺は俺なんだから。お前との因縁はここで終わりにしよう。俺は先に進むよ、ラーファル」

俺は人の言葉すら喋ることもできなくなった化物へ向けて、第二位階の奥義《デッドリーインフェルノ》を振り下ろした。

頭部に獣の爪に引っかかれたような傷が入る。そして、その傷口から呪詛がまわっていき、黒く変色を始めたのだ。

アンデッド・アークデーモンは全身が黒一色に染まって、少しずつ少しずつ崩れ始めた。

そして、頭の中で聞こえてくる無機質な声。

《暴食スキルが発動します》

《ステータスに体力＋6・1E（＋8）、筋力＋6・3E（＋8）、魔力＋9・3E（＋8）、精神＋9・9E（＋8）、敏捷＋7・2E（＋8）が加算されます》

《スキルに暗黒魔法、精神統一が追加されます》

すぐさま俺は、Eの領域であるステータスを得て喜び狂う暴食スキルを抑え込む。その時、以前喰らったハニエルのコアにされていた少女ルナの声が聞こえた。

『私も力を貸すって言ったでしょ。忘れないで……』

その声と共に疼《うず》きは収まっていき、右目から血を流す程度で済んだ。おそらく彼女が暴食スキルの内側から抑え込んでくれたようだった。自分で何とかすると言っておいて……と思ったけど、ルナとは夢の中で共に戦おうと約束したのだ。今度、夢の中で会った時にはお礼を言わないとな。いつもありがとうって。

そんな気持ちもグリードの声によって、振り払われる。

『フェイト、始まったぞ』

アンデッド・アークデーモンに異変が起こったのだ。黒くなった体のうち腹の部分が急激に膨らみ出す。そのまま臨界点を突破して、盛大に破裂した。

「なっ！　これが分離なのか」

腹から出てきたのは真っ黒なコウモリだった。その数は千をゆうに超えている。

ラーファル――アンデッド・アークデーモンを倒したら、何かが出てくるとは予想していたものの……これでは数が多くてすべては倒せないぞ。

俺はそのまま黒鎌で切り裂く、エリスは黒銃剣で狙撃して撃ち落とす。そしてマインも黒斧を素早く拾い上げて叩き潰すが、全く手応えがない。

コウモリ一匹一匹が不死で、斬っても、撃ち抜いても、潰しても、すぐに元通りになってしまうのだ。なら、《デッドリーインフェルノ》と言いたいところだが、魔力の流れを見るにこのコウモリ一匹ずつは独立した生き物なので、倒すために千回以上も到底使えない。それよりも先に俺の全ステータスが枯渇してしまうだろう。

「なんだ、これは？」

マインは冷静にコウモリたちを叩き潰しながら言う。

「集合生命体でナイトウォーカーの始祖。そして私が求めているものを導いてくれる敵」

睨みながら、噛み付こうとしてくるコウモリを左手で掴んで、地面へと叩きつけた。

コウモリたちは次第にひとまとまりになって、人の形を作っていく。

そして手にはいつの間にか、黒槍バニティーが握られていた。

「久しぶりの再会なのに、つれないね。昔は仲間だったじゃないか、憤怒のマイン」

ニヤリと笑った白髪の少年は、マインに馴れ馴れしく声をかけるのだった。

第24話　フェイトとロキシー

白髪の少年はクルクルと黒槍バニティーを回してみせる。まるで自分の一部かと思うほどに。

俺たちは得体の知れない力を持つ少年に対して武器を構える。

鑑定スキルを使いたいところだけど、発動と同時に少年は魔力を発して無効化してくるだろう。そうなれば俺は両目を失明してしまう。

Eの領域同士の対人戦において、《鑑定》スキルは意味をなさない以上に、危険な行為なのだ。

相手の出方を窺う硬直状態。そんな中で少年は俺たちを舐めるように見てくる。

「あれから……何千年経ったのかな。千年かい？　二千年かい？　それともまさか四千年かな。時が流れるのはあっという間だね。そう思うだろう、マイン」

「シン……あの時にお前は死んだはず」

「もうわかっているんだろ、僕は死なない。分体をこの世界のどこかに隠してあるからね。それがあのくだらない人間に取り憑いて、僕は復活できるんだ。まあ、運の要素が大きいのが欠点だけどさ。でも、賭けには勝ったみたいだね。この通り、復活できたんだからさ」

途端にコウモリの大群になって、俺たちの横へと移動してくる。そして、またもや黒槍をくるりと回すのだ。

「もうあの時とは違うんだ。マインもこっちに戻っておいでよ。碌に武器も使えない色欲、やっとEの領域に至った暴食。このメンバーじゃ、僕すらも倒せないよ」

「シン……」

「やってみるかい、結果はわかりきっていると思うけど」

そう言ってシンは真っ赤な両目を光らせた。

くっ……何だ……これは。まるで俺の暴食スキルが飢餓状態になった時に発現する力に似ている。横にいるエリスも俺と同じように動くことも許されず、息すらもできずにいた。

「おやおや。ちょっと本気で睨んだだけで、気圧されているのが二人もいるね。なんと無様なことか」

シンは俺とエリスを見ながら、心底落胆した顔をした。まるで今から楽しい遊びをしようかと思っていたのに、参加できる者がたった一人だったので諦めるしかないとでも言いたげだ。

そんな中でマインだけが、黒斧を振り上げてシンに言う。

「彼の地への扉を開いてもらう」

「まだ……求めるのか。でもそういうのは嫌いじゃないよ」

「シン！」

マインは一瞬でシンに詰め寄って、縦に真っ二つにしてしまう。俺にはマインの動きが速すぎておぼろげにしか見えなかった。

斬られたシンはまたコウモリの大群になって、俺たちよりも離れた位置に現れる。

「相変わらず、好戦的だね。いいよ、なら連れて行ってあげるよ。さあ、僕を追ってくればいいさ。寄り道はするけど、彼の地への扉は僕の終着点でもあるからね。じゃあ、マイン……行こうか」

シンはコウモリの大群へと形を変えて、東に向けて飛び立っていく。

マインが俺をちらりと見た。無表情な彼女らしくなく、少しだけ寂しそうに目を細める。

一匹のコウモリだけがマインの周りをグルグルと飛んでいた。まるで、マインに早く来いと促しているようだった。

俺は未だに声が出せずにいた。行くなって言いたいのに、何も言えないのだ。圧倒的な実力差が俺とシンの間にはあって、手も足も出ない。今までマインに助けてもらったのに、ここで何も言えないのか！

嫌だ。絶対に後悔する。もうこんなことは嫌なんだ。

「マ……イン……」

シンの呪縛を振り払うように絞り出す。掠れた声でなんとか……マインを呼べた。

コウモリが俺の方へ来て、驚いたように言う。

「これはすごい。君への評価は改めないとね。でも彼女は止まらない。たとえ、君がそう願ってもね。誰しも生きるために譲れないものがあるのさ。マインの場合は彼の地への扉だね。また、会おう」

「行く……な！　マイン、行くな！」

良くないことが始まる気がしてならない。そんなところへ一人で……望んで飛び込んでいくなんて、間違っているんだ。俺たちはもう仲間なんだから……まだ弱いかもしれないけど、もっと頼ってほしいんだ。もっと強くなるから。

そんな俺の言葉に振り向いたマインは……薄らと泣いていた。初めて見る彼女の表情。そこには途方もない時間を生きてきた者の顔はなかった。

見た目の年相応——普通の女の子だった。

「今までありがとう。フェイトといて、久しぶりに……本当に久しぶりに楽しかった」

「マイン！」

「ごめんね」

マインはコウモリと共に東へ進んでいく。ほんの数秒だったのに、今はもう……マインの姿はどこにも見えない。

王都の空にはまた雪雲が集まり、しんしんと雪が降り始めていた。

シンの呪縛はいつの間にか解かれており、俺とエリスはただその場に立ち尽くすのみだった。

まるで呪縛が今も続いているようだ。

親しい人がいなくなり、俺の予想を超えた何かをしようとしている。力になれない無力感が襲ってきて辛かった。もしかしたら、ガリアに残してきたロキシー様もこんな気持ちにさせてしまったのかもしれない。

「俺はバカだな……」

『今頃気がついたのか。全く、フェイトらしいといえば、そうだが』

グリードが《読心》スキルを通して言ってくる。その口調はいつものグリードらしくなく、少し優しかった。

エリスがバツの悪そうな顔をして、俺に寄りかかってくる。

「どうするんだい、フェイト」

「バルバトス家の屋敷に戻ろう。アーロンが心配だ」

「いいのかい。マインをすぐに追いかけなくて」

「ここで俺が感情に任せてマインを追ってしまえば、また繰り返してしまいそうだから。それにバルバトス家の当主としての責任もあるし」

「そうだね。今日は一段と冷えそうだ。暖かくしていないと凍えそうだ」

瓦礫と化した軍事区に薄らと雪が積もり始めていた。

王都中に鳴り響いていたサイレンが収まる。王都を巻き込んだ戦いは終わったのだ。

そして長かった夜は終わり、東から陽《ひ》が顔を出している。どんなことがあっても、一日はまた今日も始まってしまうのだ。

いろいろありすぎて、未だに心は落ち着かないけど、家に帰ろう。帰れる場所があるのは、これ以上に素晴らしいことはないのだから。

エリスを伴って、聖騎士区へ歩いていく。夜にあれほどのことを起こしたのだ。兵士たちや聖騎士たちが俺たちの横を慌ただしく通り過ぎる。

「これはしばらく、軍事区はまともに使えないかもね」

「他人事だな」

「まあね。エンヴィーがずっと管理していた王都だから、ボクの王国って感じがしないし」

「そうだ！　黒銃剣エンヴィーの件とかまだ聞いてないいんだけど？」

するとエリスはいつもの掴みどころのない感じから、真面目な顔に変わった。

「先ほどの戦いでわかっていると思うけど、ボクの大罪武器だからだよ。まあ、かなり昔に大喧嘩して仲違《なかたが》いしてしまっていたけど、ガリアの一件を機に、仲直りした感じかな。これぞ、元の鞘に戻るってね」

そう言ってエリスは、縁を細かな粧飾が施された鞘に収まった黒銃剣に手を当てる。

彼女の話を聞いていくと、この王国はエリスとエンヴィーが建国したのが始まりだったようだ。その後、数百年経って互いの理想の違いから、喧嘩別れしたという。

エリスはある目的のために放浪の旅へ、エンヴィーは人の体を乗っ取る能力で、ずっとこの王国を治めていたという。

エンヴィーはエリスが出ていったことにショックを受けたのか、彼女の代わりとなる理想の体を得ることにだんだんと固執していったという。

そしてたどり着いたのが固有名称を持つ人間作成だ。そのためには種族の中で恨みを重ねさせていく必要があった。それが人間を使ってのヘイト現象実験だった。

民衆が生きていける最低ラインは維持しながら、聖騎士たちの横暴を長い年月に亘って見過ごしてきたのだ。そして、ヘイトが最大限に達しているのを見計らって、民衆たちの希望だったロキシー様をガリアで殺そうとした。

俺としては許すことのできない黒銃剣だ。

エンヴィーはガリアで天竜を操っていた。つまり、ロキシー様の父親を殺したのもエンヴィー、ロキシー様がガリアに行く理由を作ったのもエンヴィーということになる。

この王国の王様だからといっても、やって良いことと、いけないことくらいあるはずだ。

その怒りが顔に出てしまっていたようで、エリスは申し訳なさそうな顔をしていた。

「エンヴィーにはよく言い聞かせた。今回の一件は、エンヴィーが行《おこな》ってきた圧政による罰だろう。本来ならこの黒銃剣を折って詫びるところだけど、こいつは非破壊で壊せないからね。せめて、これからは償《つぐな》わせてほしい。ボクだって今までエンヴィーのやっていることを見て見ぬふりをしていたわけだし」

王都で合流するはずだったエリスがこれほど遅れてしまったのは、エンヴィーと和解をしていたからだった。俺たちよりも先に王都に入って、ガリアから回収されていたエンヴィーと会っていたようだ。

「これからはちゃんと女王様してくれよ」

「善処します。でもボクって飽きっぽいからな」

大丈夫かな、この女王様は……。

そんな彼女へ白騎士の二人が駆け寄ってくる。いろいろ言われて、初めは話を真剣に聞いていたエリスだったが、あくびをしながら言うのだ。

「あとはお前たちに任せる。上手くやってね」

「「はい！　では私たちはこれで失礼します」」

白騎士たちに細かな指示をするかと思いきや、すべてをぶん投げてみせたのだ。本当に飽きっぽいんだな。白騎士たちは大役を任されたと思って、ウキウキしてその場から離れていく。

まあ、上手く回っているんだからいいのか……あれで。

そんな俺の心配を察したエリスが得意げに言う。

「あの子たちは昔から真面目だから、大丈夫。真面目すぎるところがたまにキズだけどね」

おそらく、エンヴィーを王様とした旧体制を言っているのだろう。

ヘイト現象を利用した冠人間を作ろうとした件だ。長い年月をかけて民を苦しめて、人為的ヘイトを溜めるという壮大な実験だった。そして、民衆に好かれていたロキシー様を生贄として、完成させるつもりだったみたいだけど、俺がガリアで無に還したのだ。

「笑っちゃうよね、エンヴィーのやり方には……でも彼は本気だったんだよ。ボクの代わりがどうしても欲しかったみたい。これはボクの罪でもあるね」

エリスは言う。生きていく以上、間違いなんて沢山してしまうのだと。

「だからね、これからは少しは住みやすい国にするよ」

「信じていいのか？」

「そうだよ。ならね、今日はお菓子食べ放題の日にしようか」

「何だよっ、それ」

「お菓子を食べると幸せな気持ちになれるからだよ」

「ああ、王国の未来が何だか心配になってきたぞ」

「ええええっ、名案だと思ったのに！」

そんなに驚くことか！　でも昔よりも住みやすくはなりそうだ。補佐をする白騎士たちは有能そうだし。

エリスに絡まれながら進んでいくと、バルバトス家の屋敷の前に沢山の人が集まっていた。

アーロンに酒場の店主までいる。それにハート家の使用人たちだ。

その中から一人の女性が姿を現す。金髪をなびかせて颯爽と歩く、変わらない姿。

「ロキシー様……」

さっきまで俺にくっついていたエリスは空気を読んでくれたみたいで、離れた位置にいるではないか。

俺は何て話しかけていいのか、わからないまま彼女のもとへ歩いていく。この歩みを止めることができなかったのだ。

ロキシー様は悲しんでいるのだろうか、それとも怒っているのだろうか、それとも他になんて言われてしまうのだろうか。俺の頭の中で、いろいろなことがグルグル回ってしまう。

彼女の前まで来て、立ち止まり、見つめ合う。

何か言わないと……口を開こうとする俺に、ロキシー様は見惚《みほ》れてしまうほどの笑顔で言った。その言葉にすべてが吹き飛ばされてしまう。

「おかえりなさい、フェイ」

「ロキシー様……」

俺がそう言うと、彼女は首を振ってみせる。

「違うでしょ。あなたはもう聖騎士であり、バルバトス家の当主なのだから。私に様はもう要らないわ」

そうだ。そうだった。俺はもう、門番だったフェイトでもなく、ハート家の使用人だったフェイトでもないし、素性を隠す武人だったムクロでもないのだ。

俺はロキシー様と同じ聖騎士で、バルバトス家の当主なんだ。もう彼女に負い目を感じるわけにはいかない。グリードがよく言うように、胸を張っていこう。

「ロキシー、今まで黙っていて……すみませんでした。あなたには沢山の迷惑をかけてしまいました。俺は……」

「そんなことを私は求めていません。ガリアでも言ったでしょ、フェイはフェイだって。仮面で自分を偽っても、誰かのためにフェイは戦ってきたんでしょ。ハド・ブレリックのことは悲しかった。でも、そうさせてしまった一因は私にあります」

「そんなことはない！　あれは俺が勝手に……」

その先は言えなかった。ロキシーに抱きしめられたからだ。

「私たちは人間なんだから、間違いだってしてしまうんです。私だってそうです。ガリアでの戦いで多くの部下を失いました。もし、あの時にああしていれば良かったのかもしれないと後悔してしまう。でも、そんな気持ちばかりだと、生きていくには苦しくなってしまうんです。今のフェイはそんな苦しそうな顔をしていますよ」

抱擁から解放して、ロキシーは俺の目を見つめながら続ける。

「だから、もう一度言います。おかえりなさい、フェイ」

俺はロキシーの優しさに目頭が熱くなるのを感じた。もしかしたら、もう涙が出てしまっているかもしれない。

この言葉だけは、ありったけの心を込めて言いたい。

「ただいま……ロキシー」

「はい、おかえりなさい」

ここに来るまでに、遠回りしすぎたのだろう。

ロキシーとただ向き合っていれば、良かっただけなのに。でもそれも、また俺らしいと彼女が受け入れてくれた。

これからも間違いを犯してしまうかもしれない。それは人間である証拠なのだから、俺はそれを持って生きていこうと思う。

しばらく、ロキシーと見つめ合っていると、エリスからもういいですかと言われてしまった。

我に返って周りを見回せば、アーロンや酒場の店主、ハート家の使用人たちまで、じっと成り行きを見守っているではないか⁉

俺たちは完全に二人の世界に入ってしまっていたみたいだ。

ロキシーを見ると顔がみるみると赤くなっていく。たぶん俺も同じだろう。

そんな恥ずかしさが心地よかった。彷徨《さまよ》い続けた心はここへ落ち着いたのだ。

第25話　ブレリック家の最後

聖騎士区にあるバルバトス家の屋敷の改築工事が延期となってしまった。理由はラーファルとの戦いだ。

お願いしていた大工さんが、軍事区の改修をすることになってしまったのだ。そのかいあって、軍事区で起こった戦いの爪痕も少しずつ元通りになっていった。あれほど大暴れして、壊しまくった研究施設については、ブレリック家の所有の建物を除いて、修復されているという。

あの忌まわしい研究施設は、エリスと白騎士たちによって念入りな調査を行った後に、取り壊される予定だ。あのラーファルの母親が入ったガラスの容器も撤去される。彼女の遺体は丁重に扱われて、王都が管理する集団墓地に埋葬されるという。

俺はもう一度、ラーファルの母親がいた場所へ行って、ブレリック家のやってきたことを見てきた。戦いの中であの部屋だけしか見られなかったが、似たような部屋は他にもあった。

　これらはすべてラーファルの父親だった男の部屋だった。人とは思えないような悪魔のような所業が詰まった部屋の数々に、俺は吐き気を催したものだ。

　そして、違う階でラーファルが利用していただろう部屋を見つけた。皮肉にも母親の遺体があった部屋の真上だった。

　そこには母親と一緒に笑っている幼いラーファルの絵が壁に立て掛けられていた。そして、ガリアの技術に関する研究資料が、ぎっしりと本棚に詰め込まれていた。日々、彼はここで何らかの研究をしていたのだろう。

　その資料は白騎士たちが押収していき、残ったのは幼い子供が書いたと思われる沢山の日記のみだった。

　俺はその一つを何気なく開いて、ぞっとした。

「ラーファル……お前は……くそっ……」

　ラーファルが歪んでいった経緯が、これを見ていくとわかってしまうからだった。

　母親との楽しい日々を書いていたのに、ある日からあまり書かなくなった。そして突然辛い心情を書き連ねていくのだ。おそらく、ここで母親が殺されてしまったのだろう。

　だが幼いラーファルが父親によって母親を殺されたことを知る由もなく、ただ流行病で亡くなったと嘘を教えられている。そして病気が伝染《うつ》るかもしれないからと、死んだ母親にも会わせてもらえない。

会わせられるわけがない。なぜならラーファルの父親によって、あのガラスの容器に入れられているからだ。

そして、十二歳になったラーファルがある日、若い女を連れてはどこかへ行くという不審な行動を繰り返す父親の跡をつけてしまう。そこで見てしまったのだ。殺した女をガラスの容器に入れ液体で満たして、観賞して楽しむ父親の姿を……。

部屋の中には他にも沢山の女性の遺体が保管されて並んでいた。その中に、幼い頃に大好きだった美しい母親の姿を見つけてしまったのだ。

そこから先の日記は書かれていなかった。あるのはぐちゃぐちゃに走らせた線だけだ。

俺はその日記を本棚に戻して、屋敷へ戻ることにした。

ここも女性たちの遺体が移動でき次第、取り壊されるだろう。

翌日、ロキシーからの誘いがあり、お隣の屋敷に招待されることになった。

小鳥のさえずりと共に目を覚まし、寝癖を整えながら鏡の前に立つ。

「よしっ」

バルバトス家の当主として、恥ずかしくない感じかな。手早く着替えも済ませる。

そして、壁に立て掛けてある黒剣グリードを手にした。

『ほう、今日は一段と気合が入っているな』

「それはそうさ。今日は大事な日だからね」

『ハハハッ、晴れ晴れとした顔をするようになったな。この前まで鬱々《うつうつ》としていたくせに』

「うるせっ」

『まあ、これもあの娘のおかげか。しかし、良かったのか？　暴食スキルはあの娘を求めているぞ』

「わかっているさ。それでも、自分にもう嘘を吐くことはやめたんだ」

『そうか……なら、フェイトの好きにすればいいさ』

「じゃあ、行こうか」

暴食スキルのことはロキシーにもう伝えてある。それでも一緒にいたいと言ってくれた。

そこまで言われてしまっては、俺だけが恐れているなんて、バカバカしくなってしまうほどだった。

もしかしたら、俺一人で抱え込んでいるよりも、ロキシーと一緒ならもっと別の道が見えてくるような気がしたんだ。

「俺もグリードのように、お気楽に生きてみるのもいいかもって思ったんだよ」

『俺様はいつだって真剣だぞ』

「嘘だ⁉」

お前はほとんどの場合、『俺様は武器だからな』といい加減なことをよく言うくせに⁉

本当にこういうところがいい加減なんだよ。

『おいっ、早く行かないとアーロンが待っているのではないか？　爺だからあの者は朝が早いからな』

「そうだな」

俺は自室を出て、屋敷の中央にある階段を降りていく。その下にはもうアーロンが待っていた。

「すみません。遅くなってしまって」

「いやいや、儂が早く待ちすぎていただけだ。そうだ、ブレリック家の処遇が決まったぞ」

「それはどのような？」

「聖騎士としての称号は剥奪して、すべての財産は没収。取り潰しとなった。それで行くあてのないメミルを儂が引き取ろうと思っておる」

「えっ、養子にするんですか⁉」

つまり、俺の妹になるかもしれないのだ。これは驚かずにいられまい。

微笑んでアーロンは肯《うなず》いてみせた。

「聖騎士としては名乗れないがな」

「なら、家族になるということですか……」

「ああ、だが彼女にはやってもらいたいことがある。それは、使用人……つまりメイドだな」

「えええっ、メミルにメイドがとても務まるとは思えないですけど」

「やってみないとわからんだろう。それに彼女は今回の一件でとても反省しておる。儂が身元引受人として、更生の道へと導いていくつもりだ」

メミルが俺の妹で、バルバトス家のメイドか……。

記憶にある彼女は、門番だった俺を「このウジ虫がっ」とか言って、頬を上気させながら俺の顔をよく踏んでいた。

もしメイドになったとしたら、ベッドで寝ている俺を、同じように「このウジ虫様がっ」とか言われて起こされてしまうのだろうか。何か……とんでもないメイドになりそうな予感がするぞ。

「検討する余地はないんですか？」

「ないな。安心しろ、今はいい子になっている。フェイトが恐れているようなことにはならんさ」

「寝ていたら、足で踏まれながら起こされることはないですよね」

「何だそれは⁉　それはフェイトの趣味なのか？」

「すみません、失言でした。今のは忘れてください」

メミルは明日にもこの屋敷にやってくるという。マインがいなくなって、男二人だけになってしまった屋敷にはいいのかもしれないな。

少しは賑やかになるだろう。

アーロンはマインを娘のように可愛がっていたので、いなくなったことを知ってかなりショックを受けていた。たまにポツリと言うのだ。爺の楽しみが一つなくなったなと。

まあ、俺もメミルを受け入れるべきだろうな。なぜなら、俺は彼女の兄であるラーファルやハドを殺しているのだ。彼女としては、俺のもとへやってくることに思うところがあるはずだ。

それでも、バルバトス家の一員になるというのなら、俺は当主として、兄としてちゃんと彼女を見守ろう。

「メミルがやってくるのを楽しみに待っています」

「よく言ったぞ、フェイト。では、行こうか」

「はい」

屋敷のドアを開けると、外門のところで見知った女性が待っていた。

顔がロキシーによく似ており、おっとりとした雰囲気の人だった。

俺は思わず、駆け寄って話しかける。

「どうして、アイシャ様が……こんなところに」

「私が来たらまずいのかしら。せっかく元気にしてもらったんだし、久しぶりに王都へ遊びに来ちゃった」

「来ちゃったって⁉」

「実はね……さっきここへ着いたばかりなの。だから娘も私がここにいることは知らないわ」

「秘密にして、ここまで来たんですか⁉」

「そうよ。ロキシーはびっくりするでしょうね。実は元気になったことも伝えてないのよ。会って直接言いたかったし」

……。

メミルの次は、アイシャ様か……。しかも、娘のロキシーをびっくりさせてやろうとは

「おおおおおっ……」

このいたずらっ子っぽい顔は、俺も巻き込む気満々だぞ。

固まっている俺をよそに、アイシャ様はアーロンへ声を掛ける。

「これはアーロン様！　十数年ぶりですね！」

「アイシャか。また美しくなったな」

「もう、アーロン様ったら、口が上手いんだから」

アイシャ様は喜びながら、なぜか俺の肩をバンバンと叩くのだ。本当に元気になられたな……良かった。う〜ん、ちょっと元気になりすぎかもしれないぞ。

そして、ロキシーに招待された時間が迫る中で、俺たちによるロキシーびっくり大作戦（アイシャ様命名）が決行されようとしていた。

第26話　ロキシーからのご招待

アイシャ様はバルバトスの庭の隅に俺とアーロンを連れていくや、胸を張って仕切り始めた。

「ロキシーをびっくりさせる。これが今回のミッションです！」

「はあ……」

俺が生返事すると、アイシャ様に叱られてしまった。

「そんなことではこの先、ロキシーの尻に敷かれますよ。気合を入れる！」

「はいっ！」

元気良すぎなアイシャ様に、ああだこうだと言われる俺。アーロンはそれを見て、ニコニコと笑っていた。自分は関係ないので、高みの見物といったところだ。

「アーロン様もフォローをお願いしますね」

「おっおう、できる限りの助力はしよう」

対岸の火事と思いきや、俺の火の粉が飛び火したのだ。よしっ、これでアーロンも運命共同体である。

「まずは、ロキシーと会って楽しい会話をしながら、場を和ませてください」

「いきなり、難度が高いんですけど。俺がどういう人間かはアイシャ様だってよく知っていますよね」

「何を言っているのです。フェイトはバルバトス家の当主ですよ。巧みな話術を使って、女性の心を奪ってみなさい」

「う〜ん」

よく考えてみるまでもなく、俺は女性と話す機会は少なかったと思う。それに今までよく話してきたのは、アイシャ様、ロキシー、マイン、エリスくらいだろう。やばい……片手も埋まらなかったぞ。

静かに俺は地面に膝をついた。そんな俺にグリードが《読心》スキルを通して言うのだ。

『寂しいのう！　寂しいのうっ！　寂しいのうっ!!』

「うるせっ」

『マインとエリスは同じ大罪スキル保持者だから、差し引いて二人か……より、寂しいのうおおおぉぉっ!!』

「いい加減にしろって」

　くっ、グリードの奴め……調子に乗りやがって。このまま庭に突き刺してオブジェにしてやるぞ。というか、してやった！　グサッと大木の横の地面に突き刺したのだ。

「しばらく、そこにいろ」

『おいおい、それはないだろう。ちょっとした言葉の綾だ』

「あれのどこに言葉の綾があったんだよ！　反省していろ」

『待て、待て、俺様もパーティーに行きたいぞ！　よく考えろ、お前一人でロキシーを楽しませる会話ができるのか！』

「くっ」

　さすがはグリードだ。付き合いが長いだけはあるな。俺の急所を的確についてくるぜ。

　仕方ないな、グリードも連れていくか。そう思って、地面に突き刺していた黒剣を抜いていると、見守っていたアイシャ様に言われてしまう。

「そろそろいいですか？　話の続きをして」

「すみません。ご存じだと思いますけど、俺にはそのような経験があまりありません」

「なるほど……なら、アーロン様にご教授していただきましょう。聞いていますよ、昔は飛ぶ鳥を落とす勢いのモテまくり男だったことを！」

「いやいや、ハハハハハッ……」

アーロンは困った顔をした挙げ句、笑って誤魔化していた。今でも渋くてカッコいいからな。彼の若い頃を想像すると、俺など比にならないくらいだっただろう。

「アーロンって若い頃は、王都中の女性から追いかけ回されたりしたんですか？」

「さあ、どうだろうな」

否定しないだとっ!! 俺が勝手に若かりしアーロン伝説を想像していると、そのくらいにしてくれと言われてしまった。

「儂は物心ついたときから許嫁《いいなずけ》がいたので、生涯妻以外を愛したことはないぞ。あの頃は、遊び半分に騒がれていただけだ」

「今度、武勇伝を聞かせてください」

「そのようなものはないと言っておるのに……。だが、儂からアドバイスするなら、いつも通りで良いのだ。変に気を使っていると、違和感しかないぞ」

「わかりました。頑張ってみます」

相手はロキシーだ。全く知らない相手と話すわけではないのだ。

よしっ、ここは何とかなりそうだな。というか、ロキシーをびっくりさせるというミッションがなければ、このことすら考えずにお隣のハート家へ向かっていたのだ。

「アイシャ様は、どうやってロキシーをびっくりさせるのですか？」

「それはですね……」

俺とアーロンとアイシャ様はコソコソと打ち合わせしていく。

内容はよくあるものだったけど、だからこそ察しの良いロキシーに打って付けだと思った。アイシャ様はロキシーの母親だけあって、娘のことをよくわかっていらっしゃる。

アイシャ様はバルバトスの庭に残って、俺とアーロンが先にハート家の屋敷に行くことになった。後から遅れて、アイシャ様はやってくる予定だ。

ハート家の外門は開かれていた。事前に自由に中に入って良いと聞いていたので、気兼ねなく門を通っていく。

よく手入れされた大きな庭を進んでいき、ちょうど噴水辺りに差しかかった。そこは庭の中央で、周りをよく見渡せるのだ。

屋敷の西側テラスに沢山の人が集まっている。その中にロキシーもいて、運ばれてくる料理の配置をテキパキと指示していた。

そろそろ予定時間なのだが、もう少し待った方がいいのだろうか。俺とアーロンが顔を見合わせている。

このままあの場所に行ったら邪魔をしてしまうかもしれない。どうしたものやらと思っていると、屋敷の方からメイド長さんがメガネをギラつかせながらやってきた。

彼女には俺が使用人をしていた時に沢山世話になった。ロキシーを追って、ガリアに行くと決めた時にも、多めにお金を渡してくれた人でもある。

「お待ちしておりました。アーロン様、フェイト様」

深々とお辞儀をする彼女。今は俺と彼女との立場が違うので仕方ないのだが、この距離感に慣れきれないものがあった。

「お久しぶりです。あの時はありがとうございました。あのお金のおかげで無事にガリアに着くことができました」

「それは良かったです。ですけど、まさか……あのフェイトがこのような形で戻ってくるとは思ってもみませんでしたよ。これから、よろしくお願いしますね。フェイト様」

どうやら最初のは形式上だったようだ。俺のよく知っているメイド長さんだった。

彼女は改まってアーロンへもう一度お辞儀をする。

「アーロン様、お初にお目にかかります。ハート家のメイド長をしているハルと申します。以後、お見知りおきください」

「これはご丁寧に。あなたのような美しい女性がメイド長とは、屋敷が華やかになって羨ましい。ぜひ、あなたのような人をバルバトス家の屋敷にも欲しいものだ」

「そっそんな……ご冗談を」

おおっ、あの仕事一筋なメイド長が乙女みたいに頬を赤くして、もじもじしているぞ。信じられない……鋼鉄の女の異名を持つお方なのだ。これでは軟鉄ではないか⁉

最近、アーロンと共に行動をする機会が多くなって薄々と気がついていた。この爺さん、女性なら誰彼構わずにやたらと褒め殺すのだ。そして、褒められた女性のほとんどが満更でもない態度をとっている。この調子なら、若かりし頃のアーロンのモテまくり伝説が再来する日も近いのかもしれない。

「ハルさん、そろそろ案内をしてもらえると嬉しいんだけど……」

「はっ、私としたことが、何たる失態を！」

未だに顔が赤いままのメイド長。アーロンに褒められたことが嬉しかったのか。それとも浮かれてしまい自身の仕事を疎かにしてしまったことを恥じているのか。

読心スキルを使えば、わかってしまうけど、そんなのはできないし。とりあえず、生暖かい目で見守っておこう。

「ちょっと、その目はやめてもらえますか」

「はい、すみません」

誰かさんにみたいに調子に乗りすぎてしまったようだ。グリードが《読心》スキルを通してここぞとばかりに言ってくる。

『怒られてやんの！　プププププッ』

「はいはい。笑いたければ笑え」

『プププププッ、プププププッ、プププププッ、プププププッ』

「笑いすぎだ！」

　メイド長の案内で庭を進んでいくと、ロキシーがいるテラスが近づいてきた。白い綺麗なドレスを着た彼女は俺たちに気がついて、ニッコリと笑う。胸元で青い宝石をあしらったペンダントがキラリと光っていた。

第27話　何気ない幸せ

俺は手を振りながらロキシーへ近づいていく。彼女も控えめに手を振って、立っていたテラスから降りた。

ロキシーはここまで案内をしてくれたメイド長にお礼を言うと、満面の笑みで俺たちを迎え入れてくれる。

「今日はようこそお越しくださいました。フェイ、アーロン様」

そんな彼女の姿に思わず見とれていると、アーロンに肘で脇腹を突かれてしまった。

「お招きいただきありがとう」

「今日は晴れて良かったです。このところ、雪ばかり降っていましたから」

見上げた空は快晴。昨日までどんよりとした厚い雲に覆われていたのが、嘘みたいだった。

まだ冬は始まったばかりだ。春の息吹を感じるまで、数ヶ月くらいはかかるだろう。それなのに、今日だけは春のように暖かかったのだ。

「一昨日《おととい》はかなり雪が降ったから、アーロンと二人で雪かきをすることになったよ」

「そうなんですか。バルバトス家で使用人を雇う予定はあるのですか？」

ロキシーは首を少しだけ傾げながら、俺とアーロンを見る。

俺はその件について、アーロンに任せている。彼は微笑みながら、あっけらかんと答える。

「ブレリック家のメミルを引き取ろうと思っているのだ」

「えっ！　メミル・ブレリックを」

それを聞いたロキシーの反応は俺と同じようなものだった。だけど、驚きながら、嬉しそうにしていた。うんうんと頷きながら、アーロンに言うのだ。

「それは良いことですね。アーロン様らしいです」

「ふむ。よろしければ、メミルと仲良くしてやってもらいたい。なんせ、バルバトス家には儂とフェイトしかおらんからな。それにフェイトはあれだからな」

「そうですね、フェイはあれですから……。私も微力ながらメミルがやり直せるように応援させていただきます」

「ありがとう、ロキシー」

二人でメミルの今後について、結束して支援していこうとまとまり良い雰囲気だ。そう素晴らしいのだが、その前に俺としては別のことが気になってしまう。

「ロキシー、メミルのことを協力してくれるのは嬉しいんだけど。俺があれってどういうこと？」

「う〜ん、それはですね。ねぇ、アーロン様」

「ふむ。あれだな。こういうところがあれなのだ」

「全くもって、そうですね」

「それよりも、さあこちらへ」

そそくさとロキシーとアーロンはテラスに行ってしまう。メイド長も俺をちらりと見て、ため息をついて、彼女たちの後に続いた。

何だろうか……あれって。何とメイド長までそう思っているようだった。

ここは長い付き合いであるグリードに聞いてみた方がいいだろう。偉そうだけど、こういう時には意外に頼れる奴なのだ。

「なあ、ロキシーやアーロンが言っていたことって何だろう？」

『そういうところが、あれなんだよ。少しは成長したと思ったら、このざまか』

「くっ、グリードまで同じことを言うのかよ……」

『おい、落ち込んでいる暇はないぞ。ロキシーが呼んでいるぞ』

何だか、戦いに明け暮れている内にあれを失ってしまったようだ。それとも、元々あれが乏しいのだろうか。悩ましいと思いつつも、今日はロキシーがせっかく招待してくれた大事な日だ。テラスに駆け寄って、彼女のもとへ急いだ。

そんな俺とロキシーの間に立ち塞がる者がいた。栗色の髪をした少女だった。

あれ、この子はどこかで見たような……。あっ、ガリアの大渓谷に行った時に、行動を共にした王都軍の一人だ。確か、名前はミリアだったはず。

あの時は、髑髏マスクをまだ身につけていたな。その時は、なし崩し的に同じ場所に向かうロキシーが率いる王都軍に加わることになってしまったのだった。

何かと目の敵《かたき》にされてしまって、俺がロキシーに近づこうものなら、手に持った魔剣フランベルジュで攻撃を仕掛けてきたものだ。そう、今みたいにな。

「ここで会ったが百年目！　まさか、あの時の髑髏マスクがあなただなんて、思ってもみませんでした。バルバトス家の当主であろうと、敬愛するロキシー様と私の間に入り込もうとするのは許しません！」

「うああっ、危ないって」

まさか、このような場でガリアにいた時と同じノリで魔剣を振るってくるとは思ってもいなかった。こいつ、あの時からまるで成長していないな。ロキシーのことになると見境ないのだ。

だが剣の腕は格段に上がっている。炎を帯びた鋭い斬り込みが右へ左へと飛んでくるのだ。それを躱していると、ミリアから理不尽な苦情も飛んでくる。

「躱しすぎ！　たまには当たってよ」

「無茶言うな！　それに俺は一応ゲストなんだぞ。そろそろ、仲良くしようって」

「ロキシー様を私から奪おうとする者は、敵です」

「敵かっ⁉」

ミリアによって振り下ろされた燃え盛る魔剣を、両手で受け止めた。なぜなら、俺はEの領域なので、それに達していないミリアの攻撃は利かないのだ。ついでにいうと、炎耐性スキルも持っているから、まさにミリアの天敵である。

「反則です。くっ……強すぎです」

「わかったのなら、もう諦めろよ」

「諦めません！」

こいつ……相変わらずだな。仕方ない、無理矢理にでも魔剣を奪って無力化しておこう。

そう思っていると、ミリアの保護者役——部隊長のムガンが現れた。鍛え上げられた体は、どっしりとしており、歴戦の強者といった雰囲気を感じさせる。

彼もまたミリアと同じようにガリアの大渓谷へ行った時に、知り合った王都軍の一人だ。

ムガンは手慣れたようにミリアの首根っこをつまみ上げる。

「あっ、いいところなのに邪魔をしないでください」

「お前がロキシー様のパーティーの邪魔をしているんだよ！」

しゅんとしてしまったミリアを横目に、ムガンに再会の挨拶をする。

「久しぶり、ムガン」

「ああ、久しぶりだな。やっとあの髑髏マスクを取ることができたんだな。しかし、驚いた。まさか、あの時のあんたがバルバトス家の当主様だったとはな。おっと、敬語を」

「いや、そんなことはいいよ。いつものように話してくれた方が嬉しい」

「それはありがたい。王都の軍事区でかなり暴れたそうだな」

「これでも被害は最小限になるように頑張ったんだよ。ああ、そうだ。ムガンの娘さんは軍事区で研究者をしているんだっけ？　……大丈夫だったかな？」

軍事区では、少なくない犠牲が出ていたのだ。俺とラーファルとの戦いによって、近くの研究施設は大きな被害が出ていた。それに地上に出てきたナイトウォーカーたちに襲われた者もいた。

もし、それに巻き込まれてしまったのなら、申し訳なくて仕方ない。しかし、ムガンはそれを笑い飛ばして言うのだ。

「ハッハッハ！　恥ずかしながら、娘のライネはあれほどの騒動だったにもかかわらず、研究に没頭していて気づかなかったそうだ」

「良かった。でも、あれほど戦い……避難警報が鳴っている中でよく研究ができるな」

「根っからの研究者なのさ。特にガリアの遺産となると見境なくなる。儂としてはそろそろ結婚でもして落ち着いてほしいものさ」

そう言って、ムガンはミリアを好き勝手に動けないように、どこからか取り出した縄で縛っていると、噂をすれば何とやらだ。

「パパ、またミリアと遊んでいる」

「ライネ！　これは遊んでいるわけではないぞ。れっきとした職務だ。今、ロキシー様のパーティーで暴れる不届き者を捕まえたところだ。これから牢屋に連行する」

ムガンの娘ライネはパーティーだというのに正装などせずに、ここで研究でも始めるのかという白衣姿だった。ウェーブ巻きの赤みがかる長い髪が印象的で、眠たそうな目をしている。

そして、ミリアは牢屋に入れるというムガンの言葉に怯えきっていた。

「嘘⁉　嘘ですよね、ムガンさん？」

「儂はいつでも本気だ。さあ、こっちに来い。牢屋はここにないが、儂がマンツーマンで一緒にいてやる。さあ、行くぞ」

「うえっ」

ムガンはミリアを連れて、テラスとは別方向へ行ってしまった。せっかくロキシーが招待してくれたというのに、この二人は一体何をしに来たんだろう。まあ、ムガンとミリアはいつもあんな感じだったので、これでいいのかな。

そう思って、今度こそロキシーが待つところへ行こうとするが、ムガンの娘であるライネに腕を掴まれてしまう。

「その黒剣……大罪武器でしょ？」

「えっ」

「ふ～ん、やっぱりそうなんだ。私は《読心》スキル持ちなの……ああ、同じだね」

眠たそうな顔のままで、俺の心を《読心》スキルで覗いてきたのだ。そして、不意を突かれたことで俺の《読心》スキルが発動してしまい、ライネの心が流れ込んできてしまう。

(読心スキル持ち同士の会話なんて、初めてよ。何だか、不思議な感じね。私はこの黒剣に興味があるわ……それにあなたにも。もし良ければ、私の研究室を訪ねてきて、場所は

ここだから）

一方的に紙に書かれた研究室までの道順を押し付けると、ライネは父親のムガンたちがいる場所へ行ってしまった。開放的なムガンと違って、ライネは底が知れない感じが少しだけ恐ろしかった。

だが、彼女はガリアの遺産について研究しているという。グリードやエリス、マインは俺にそのようなことをいろいろと教えてくれない。たぶん自分の力でたどり着けってことだろう。なら、このチャンスを逃すわけにはいかない。

だがそれは後回しだ。遠ざかるライネの後ろ姿を見るのをやめ、ロキシーたちがいるテラスへ向かった。

「なかなか来てくれないので、どうしようかと思いましたよ。フェイは本当に……もうっ」

「ふむ、寄り道は良くないぞ」

「二人とも、ちゃんと見ていたの？　ミリアに魔剣で斬りかかられていたんだけど……」

俺の必死の訴えに、ロキシーとアーロンが堪えていた笑いを吹き出してしまう。

「フフフッ、すみません。ミリアには後できつく言っておきます」

「大丈夫かな。ミリアはロキシー大好きだから、逆に喜びそう」

「心外な……これでもガリアでは王都軍を率いていたんですよ。髑髏マスクをつけていた誰かさんなら、よく知っていると思いますけどっ」

「うっ、それを言われてしまうと何も言えないって」

ガリアでロキシーと再会してからは、フェイトではなく、髑髏マスクをつけた武人ムクロとして戦っていた。認識阻害の力を持った髑髏マスク。それでも、ガリアの大渓谷で一緒に行動を共にした時に、彼女は髑髏マスクをつけた俺のことを、何気ない仕草からある人（フェイト）に似ていると言っていた。

あの時の俺は、髑髏マスクの下で冷や汗を沢山かいたものだ。それも笑い話にできてしまうのは、きっと今の俺は満たされているからだろう。

俺とロキシーが笑い合っていると、アーロンが気を使ってくれたようで、パーティーに来ている昔の知り合いたちへ挨拶に行ってしまう。メイド長は他のゲストの対応に忙しいようだ。

「二人になってしまいましたね。まずは何か食べますか？」

「さっきから美味《うま》そうな匂いがして気になっていたんだ。あれって、バーベキューかな」

「はい、そうです。ガリアへの遠征時に、よくこんなことをしていたんですよ。ここまで良い食材ではなかったですけど、みんなで囲んで食べるのは楽しくて、ここへ戻ってきた時は必ずしようと思っていたんです」

得意げに言うロキシーは、俺に近づいてこっそりと耳打ちする。

「実は冬で寒いからとメイド長に反対されてしまったんです。でも押し切りました」

「ロキシーらしいな」

野菜や肉が串に突き刺してあり、鉄網の上でじゅうじゅうと音を立てて、焼かれていた。その焼き上がった一つをロキシーから受け取って、口に頬張る。

「美味い！　塩と香辛料を程よく振ってあっていい感じ」

「まあ、そうですか⁉」

あまりにも嬉しそうにするロキシーに聞いてみると、今回のバーベキューの下準備は彼女がしたそうなのだ。これは驚きだった。だって、俺の知っているロキシーは料理などしなかったからだ。父親が亡くなってから家督を継ぎ、聖騎士としての職務が忙しくて、屋敷と城の往復ばかりだったのだ。

このようなことができるのは、ロキシー自身の時間が取れるようになったという証拠でもある。王都の女王であるエリスの配慮かもしれない。今日はロキシーのパーティーに顔を出していないので、今度会ったら調子に乗らないくらいに褒めておこう。

「最近は、料理の勉強をしているんですよ。今度、何かご馳走しますね」

「それは楽しみだ。俺は焼くか、煮るくらいの単純な物しか作れないから」

「フェイは肉が好きだから、ロールキャベツはどうですか？」

「おお、美味そう！」

まだ先のことなのに、ロキシーが作ってくれたロールキャベツを想像してしまった。きっと、このバーベキューと同じくらい優しい気持ちになれるような味がするのだろう。

もりもりと焼かれた肉や野菜をロキシーと一緒に食べていく。そんな俺にグリードが《読心》スキルを通して言ってくる。

『何だ、うまく喋れているじゃないか。俺様の出番はなさそうだな』

「ありがとうな、グリード」

『急に気持ち悪い奴だな』

「今はそんな気持ちなんだ」

気持ちにはいろいろな色がある。その中で幸せな気持ちはもっとも強い色なのかもしれない。俺の中にある黒や赤、青などの沢山の色を染め上げていってしまうのだから。

彼女からもらったこの気持ちを失わないためにも、俺にはまだやらないといけないことがある。暴食スキルに侵されていく、この状態を完全寛解させることだ。

グリードの前の使い手だった男――前暴食スキル保持者は、それに至ることができなかったそうだ。

しかし、グリードは不可能だとは決して言わなかった。今までの付き合いで、グリードは無茶は言うけど、嘘は言わない奴だとわかっている。

なら、俺には残された道が必ずあるはずだ。

第28話　包み隠さず

ロキシーと談笑しながら、みんなから少し離れた位置に座った。アーロンの話に移り変わる。

彼との出会いをロキシーに伝えた。ガリアに向かっている時に、偶然に立ち寄った村――行き場をなくした者たちが身を寄せ合っていた場所で出会ったこと。初めて会ったというのに、何かと世話を焼いてくれて、剣術の基礎まで教えてもらったことを話した。

その話を聞きながら、ロキシーは得意げに言ってくる。

「知っていますよ」

「えっ」

「リッチ・ロードを倒して、ハウゼンを解放したのでしょ？」

「何で⁉　知っているの？　……あっ、そっか」

「やっとわかったみたいですね」

俺がハウゼンを旅立った後、ロキシーは俺と入れ替わるように復興を始めていたハウゼンに立ち寄っていたのだ。そこでアーロンと会っていたというわけだ。

確か、ガリアでロキシーと一戦交えた時に、アーロンに会ったと言っていた。その時、彼から聖剣技のアーツ《グランドクロス》を聖剣に内包して留めておく術を教わったというわけか。

察しの悪い俺に、頬を膨らませて不満そうな顔をするロキシー。だけど、すぐに笑顔に戻って言うのだ。

「アーロン様は、フェイと合流した時に、何も言ってくれなかったのですか？」

「うん。こういうことは、あれこれ言う人じゃないからね」

「確かにそうですね。アーロン様らしいですね。なら、その時の話をしましょう」

ロキシーは復興を少しの間だけ手伝いながら、アーロンから聖剣の扱いについて手解きを受けていたのだという。なかなか、《グランドクロス》を聖剣に留めることができずに苦労したそうだ。そんな時、ハウゼンに潜んでいたリッチ・ロードが現れたという。

「冠魔物のリッチ・ロードがまだいたの!?　うぁ！　アーロンはそんなことを一切言わなかったんだけど……」

「アーロン様ですから。それに冠なしのリッチ・ロードだったんです。その時にフェイがアーロン様に教えた技を使って倒したんですよ。さあ、何でしょうか？」

クイズかな。当人である俺が答えられないのは恥ずかしい。

えっと、おそらく俺とアーロンが力を合わせて、攻撃を加えた時のことを言っているのだろうか。

「もしかして、グランドクロスを重ね合わせたやつ？」

「当たりです！　アーロン様は褒めていましたよ。聖騎士は単独で戦うことが常なので、ああやってアーツを重ねるなんて発想に感銘を受けたって。私もですよ」

「なんか照れるな……そこまでのことじゃないのに」

「今度は私と一緒にやってみますか？」

なんだか物凄く期待する目で見られてしまう。そして、距離感が近すぎるのだ。困ってしまって生返事をしてしまった。

「してくれないんですか……」

「いやいや、そういうわけではないって」

「なら、ここで試しにやってみますか？　フェイはすでに黒剣を持っていますから、私は聖剣を取ってきますね」

「えっ！　ここで、そんなことしたらみんながびっくりするって」

席を立って自室に行こうとしたロキシーは、俺の慌てる素振りを見て満足したようで、少しだけ舌を出して言うのだ。

「冗談ですよ。本当にフェイはすぐに引っかかるんだから」

「また……やられてしまった」

ハート家で使用人をしていた頃から、こういった他愛のない彼女の冗談に振り回されていたのだ。まさか、ここでもやってくるとは予想外だった。

でも、それが昔に返ったようで心地よい。

「ハウゼンの復興は進んでいますか？」

「ああ、順調さ。知り合いの武人でバルドっていう人がいて、彼が率いる五十人ほどのチームにハウゼンの警備を任せているんだ。これで魔物襲撃からは一安心かな。あとは、セトっていう幼馴染みに商い関係の取り仕切りをお願いしている感じかな。これからってところだよ」

「まあ、それは良いことですね。今度、ハウゼンに行った際には、ぜひ紹介してくださいね」

「いいよ。癖のある奴らばかりだけどね」

バルドはランチェスター領でサンドゴーレムと戦った折に知り合った武人だ。

再会を願っていたら、なんとハウゼンでアーロンと一緒に復興を手伝っていたのだ。理由を聞いてみると、彼らは元アーロンの部下だった。

主が再び剣を取ったと聞いて駆けつけたらしい。予期せぬ再会に世間は狭いものだと、笑いあったものだ。

今もなお、元アーロンの部下だった人たちが続々とハウゼンに集まっている。

セトとは故郷の寂れた村がガーゴイルたちによって焼き尽くされて、別れたっきりだった。その後、彼は商人として地道に頑張っていた。旅の行商人として、彼もまたハウゼンにやってきたのだ。

復興のために石材を運んでいた時に、馬車に乗って見覚えがある顔が近づいているなと思っていたが、セトも俺を見て、同じような顔をしていた。

久しぶりの再会だった。一人娘も元気で、父親と一緒に旅ができて楽しんでいるようだった。

商いのいろはも覚えて、そろそろ落ち着ける場所を求めているというので、ハウゼンでの商団の取り仕切りを頼めないかと相談した。

俺の提案に、セトはひどく驚いていた。少し考える時間がほしいと言って、真剣な顔をしていたのをよく覚えている。

俺にとって、セトとの過去のあれこれは故郷が燃えた時に終わっている。だから彼の商人としてのひたむきさなら、頼めると思った。

数日後、セトはハウゼンにとどまることになった。

ロキシーは話を聞きながら、今の俺が王都でやろうとしていることを聞いてくる。

「王都のスラム街から、人々をハウゼンに迎え入れようというのは本当ですか？」

「そうだよ。ここにいたら、彼らに未来はないからね。エリスは王国を変えていくって約束してくれたけど、それには時間がかかる。それに、ハウゼンがそれを始めるには一番やりやすい場所だからさ」

「私にできることがあれば、言ってください」

ロキシーは申し訳なさそうな顔をしていた。持たざる者たちをハート領で今まで受け入れてこなかったことを恥じているのだろうか。それは仕方ないことだ。

ハート領民たちへの配慮もある。俺みたいに王都の持たざる者たちを自領に引き入れると、他の聖騎士たちの前で大見得を切れば、いらぬ争いを生んでしまう。ルドルフ・ランチェスターのように噛み付いてくるだろう。

民の味方をするハート家にこれ以上の表立った行動は、聖騎士たちの世界で孤立を招きかねないのだ。

まあ、初めから孤立している俺はやりたい放題だったわけだが。

それも過去のことだ。王都の女王であるエリスを仲間にしたことで、更にやりたい放題できてしまうのだ。

「悪い顔をしていますよ。どうせ、エリス様と何か悪巧みをしようとしているんでしょ」

「ええっ……なんでわかったの？」

「フェイは顔に出やすいんです」

そう言って、ロキシーは俺の手に自分の手を重ねてくる。いきなりのことで《読心》スキルの制御が間に合わずに、発動してしまう。

（どんな悪いことを考えていたんですか？）

「ちょっと、読心スキルが……」

（私は気にしませんよ。フェイなら心を読まれてもいいですよ。それに、読まれるとわかっているのなら、こんなこともできますよ）

「えっ、何が？」

（あっ、フェイ！　危ない！　後ろに魔剣を振り下ろそうとしているミリアがっ!!）

「うあああああっ」

俺は椅子から転げ落ちてしまう。慌てて後ろを見ると誰もいない。

やられた……読心スキルを使われている相手がわかっていれば、心の中でこんな嘘も吐けるのだ。

ロキシーにはすでに俺が読心スキルを始めとして、どのようなスキルを持っているのかを伝えている。もちろん、暴食スキルについてもだ。

おまけとして、グリードについても教えてある。

「あぁぁ、面白かった。私にも読心スキルがあればいいのにな」

「どうして？」

「グリードさんとお話ししてみたいから」

「こいつと？　やめといた方がいいよ。偉そうだし、口がとても悪いんだ」

「そうなんですか……逆に気になりますね」

興味津々に俺が持っている黒剣グリードをまじまじと見つめるロキシー。

グリードは《読心》スキルを通して、ノリノリで言っている。

『見込みのある娘だな。俺様と話したいとは！　モテモテだな、俺様！』

「お前は黙っていろ」

俺とグリードが会話をしていると、その様子を見てロキシーはうんうんと納得していた。

何なんだろうと聞いてみる。

「ほら、フェイって使用人時代によく黒剣を持ってブツブツ言う癖があったでしょ。使用人たちの間では有名でしたから、その謎が解けた感じです」

「うああああ、でも本当のことだから」

「グリードさんが声を出せるようになればいいのですけど」

「それは無理だよ。なあ、グリード」

『いや、可能だぞ』

「ええっ!!」

突然の真実にまたしても椅子から落ちてしまう。今まで読心スキルを介してでないと会話できないと思っていたのに、なんてことだ。

『といっても、次の位階を得られればの話だがな。そうすれば、俺様の失われた機能のいくつかが直りそうだ。その中に念話が含まれている』

「マジかよ」

そういうことは早く言ってほしい。次の位階ということは第五位階か。未だそれに達する域には至っていないので、まだ先のことだろう。それでも楽しみだ。

このねじ曲がった性格も、他の人と会話することで矯正できるかもしれないからだ。

不敵な笑みを浮かべていると、ロキシーが覗き込んで言ってくる。

「何の話をしていたのですか？」

「グリードが次の位階解放で、他の人とも話せるようになるかもしれないって言っているんだ」

「それは素晴らしいです。待ち遠しいですね。少しだけ、グリードさんを触らせてもらえますか？」

「いいけど。グリードもいいだろ？」

グリードは嫌がらなかったので、ロキシーに渡す。何をするのだろう。

席を立ち上がったロキシーが鞘から黒剣を引き抜くと、右左へ振るいながら苦悶の表情をして地面に屈んだ。

えっ、なになに？　どうしたんだ？

そんな俺を置き去りにして、ロキシーは右目を押さえながら言うのだ。

「くっ……暴食スキルが疼く。まだ足りない、もっとだ！」

「うあああああぁぁぁ、やめてもらえますか」

「どうですか、似ていましたか。ガリアの時のフェイのモノマネです」

黒剣を鞘に収めて、やりきった顔で返してくれた。ちなみにグリードは大爆笑していた。

なんでも、ロキシーは一度俺のモノマネをやってみたかったそうだ。はたから見ると、

俺の行動はそんなに面白く見えてしまうのだろうか。これは要検証する必要がありそうだ。

そういえば、マインにもモノマネされたよな。ああ……エリスにも真似されていた。これってもしかして⁉　いや、これ以上考えるのはやめておこう。

グリードが《読心》スキルを介して言っている。

『つまり、真似したくなるほど面白いってことだ。やったな！』

「なにが、やったなだ！　本当にお前って奴は」

こうなったら、今度は俺がロキシーのモノマネをする番だ。そう言うと、狼狽える彼女に容赦はしない。

「やめてください。一体、どのようなモノマネを」

「フフフフフッ、それは見てのお楽しみだ」

「では、私は目を瞑っておきますから、どうぞ！」

「それは駄目だよ」

楽しすぎる時間はあっという間に過ぎていくものだ。だからこそ、俺は肝心なことをすっかりと忘れてしまっていたのだ。

そう、ロキシーの母親であるアイシャ様の件だ。

ロキシーをびっくりさせてやる作戦を考えながら、忘れていた俺にしびれを切らした彼女は、ロキシーのすぐ後ろまでやってきていたのだ。

すでに周りの人たちは、アイシャ様の登場に驚いていた。だけど、彼女が人差し指を口元の前に立てて、静かにしておくようにするものだから、静まり返っていた。

アイシャ様は俺を見て、早く早くと促している。どうやら決行する時のようだ。

第29話　アイシャ・ハート

ロキシーが俺を見て、首を傾げている。それはそうだろう。

話の途中で、急に固まってロキシーの後ろを見ていたからだ。

「どうしたのですか？」

そう言って後ろを見ようとするものだから、俺は慌ててなんでもないと咳払いをして誤魔化してみる。苦しい言い訳に、グリードから失笑が聞こえてくる。

『下手すぎる』

くっ……。

だが言い返す暇などない。アイシャ様がロキシーの後ろで静かに早くと未だに促しているのだ。よく考えれば、これだけ近くに来ていたら、ロキシーが気配で感じ取ってもいい気がする。

それがわからないなら、アイシャ様の気配の消し方は聖騎士のそれを優に超えているのかもしれない。

おっと……そんなことを考えている場合ではなかった。

事前に決めていた通り、進めるしかない。

「ロキシー、少しだけ目を瞑って」

「どうしたのですか？　ああ、わかりましたよ。私のモノマネをするのですね」

「それはさっきやったから。それとは違うかな」

「もしかして、プレゼントでもいただけるとか？」

期待に満ちた顔で、俺を見てくるロキシー。半分は当たっているようで、もう半分は外れているような感じだ。

だから、曖昧に頷いてしまう。

「はっきりしないですね。いいですよ……はいっ！」

それでもロキシーは、素直に目を閉じてくれた。俺はここぞとばかりに、アイシャ様と入れ替わる。

「何をゴソゴソしているのですか？　もういいですか？」

「もう少しだけ待って！」

「ううぅ……一体何をしているのでしょうか……」

ロキシーの前にアイシャ様が立って、準備完了！

アイシャ様からも、いつでもいいと合図をもらえる。周りの人たちも、俺たちがやっている行動からおよその理由を察してくれたようだ。アーロンも少し離れた位置から、微笑んで事の成り行きを見守っている。

「ロキシー、目を開けて」

「やっとですね。さて、何でしょう……ああっ!!」

彼女は口を開けたまま、固まってしまった。

それに対して、アイシャ様はピースサインで、ロキシーびっくり大作戦が無事に成功したのを喜んでいた。

我に返ったロキシーが、アイシャ様の肩を掴んで揺さぶる。

「なんで、母上がっ!?　ついこの前の領地からの手紙では、体の調子がいいので、すぐに来なくていいと書いてあったのですが……」

「はい、とても元気になってしまったので、私の方から会いに行くという意味よ」

「えええっと、現状がよくわからない……」

ロキシーの動揺も納得だ。アイシャ様は歩くにも誰かの支えがなければならないほど、体が弱っていたからだ。

それが目の間で飛び跳ねるように元気になっていたら、誰だって驚くだろう。病を治した俺ですら、あまりの変わりように戸惑っているくらいだ。日頃から母親の病状をよく知っていたロキシーなら、俺と比べようもないくらいだろう。

アイシャ様はあっけらかんと言ってのけるのだ。

「私も詳しくはわからないけど、フェイトに治してもらったのよ」

「フェイに⁉　どういうことなんですか？」

「それは……」

ロキシーに詰め寄られて、逃げ道を断たれてしまう俺。教えないと掴んだ手を離さないぞ、なんて言いたそうな目で見られてしまう。

俺としては大したことでもないので、苦笑いしながら黒剣グリードを引き抜いた。

そして、黒剣から黒杖に形を変えてみせる。

「こんな風に形が変わるのですね。杖の他には、魔弓と鎌、魔盾でしたっけ？」

「そうだよ。これは天竜を倒したことで得られたステータスを使って、解放した力さ」

「あの時の……」

なんだか、ロキシーは嬉しそうだった。

ガリアでは髑髏マスクで顔を隠していたけど、結局は天竜の攻撃に耐えきれずに、素顔を晒してしまったのだ。

俺の顔を見て、涙を流した彼女。その時に、なんてことをしてしまったのだろうと、胸を締め付けられた。それは今でも昨日のことのように、忘れられない記憶だ。

まさか、あの時に諦めていたロキシーの優しい笑顔にまた出会えるとはな……。

それが嬉しくて、ロキシーに感謝していると、

「ちょっといいかな。私のことを忘れていない？」

アイシャ様が俺とロキシーの間に入ってきたのだ。

「はいはい、二人の世界は後にしてもらえるかな」

「そういうわけでは……ねぇ、フェイ」

「うんうん、からかうのはやめてくださいよ」

俺は咳払いをして、黒杖をロキシーとアイシャ様に見せながら説明する。

「例えば、グリードの第四位階という姿で、この状態で更にステータスを捧げると、強力な奥義が発動できるんだ。各形状によって奥義が違ってさ」

俺は各奥義を言っていく。

第一位階（魔弓）はブラッディターミガン。稲妻の速度で広範囲を吹き飛ばす。

第二位階（鎌）はデッドリーインフェルノ。魔力が集中している急所を攻撃することで、

対象が不死だとしても殺せる。

第三位階（魔盾）はリフレクトフォートレス。対象の攻撃を数倍にして弾き返す。

そして、第四位階（魔杖）はトワイライトヒーリング。いかなる傷も病も治してしまう。

黙って聞いていたロキシーがうんうんと頷く。

「なるほど、今回は母上の病気を治すために、トワイライトヒーリングをしてくれたんですね。ありがとうございます、フェイ。……少し元気すぎるのが気になりますけど」

「それは俺も思っていたよ。アイシャ様がこんなになってしまうとは予想外だよ」

「もうっ、二人して聞いていれば、言いたい放題ね。元気になったんだから、素直に喜んでくれてもいいじゃない」

するとロキシーが眉を顰《ひそ》める。

「なら、娘を騙してこんなことはやめてくださいね」

「ううぅ、サプライズなのに。フェイトもそう思うでしょ」

「えっ……う～ん…………そ、そうですね」

「ちょっと、その言い方だと、私が嫌々やらせたみたいじゃない、もうっ」

初めは嫌々したのではなく、ほぼ無理矢理だったような気がする。まあ、結局は俺もノリノリだったから、フォローしておいた方が良いだろう。

「アイシャ様は領地からここまでやってこられるくらい元気になったのを、ロキシーに知ってもらいたかったんだよ。手紙で元気になったって書いたとしても、どれくらいかはわからないだろうし」

「フェイがそう言うなら。でも、良かったわ。ずっと、母上のことが気がかりだったから……」

ロキシーはそう言って涙ぐんでいた。すると、アイシャ様まで泣き出してしまって、もう大変だった。

しばらく抱き合って、親子はやっと落ち着き、俺に向けてもう一度お礼を言ってきた。

別にその言葉が聞きたくてやったわけではないけど、感謝されて嬉しくない人なんていないだろう。

ただ、元気になってロキシーにあれこれ言うアイシャ様を見て、やはりこうあるべきだと思ったのだ。

黒杖を黒剣に戻して鞘に収めていると、ロキシーが何気なく聞いてくる。

「位階奥義のステータス消費はどのようなものなのですか？　これほどのことができるということは、かなりのものでしょ？」

「まあ、そこそこかな。トワイライトヒーリングには、ステータスの40％を捧げないといけない」

「40%……それはどれくらいですか？」

アイシャ様を治すために使ったステータスの桁が多かったので少し迷ったけど、ロキシーにはちゃんと話すと決めている。包み隠さず、消費したステータスを教えた。

するとロキシーだけでなく、アイシャ様までびっくりしていた。

「嘘でしょ？　フェイト、それは本当なの？」

「ええ、本当です」

「だって、各ステータスでおよそ四億って……桁が多すぎて、大混乱よ！」

「母上、落ち着いて！　でも、フェイは天竜を倒しているのだから、それくらいのステータスは持っているのでしょう。それを惜しげもなく使うなんて……」

慌てふためくアイシャ様を置いて、なぜか納得した様子のロキシー。そして、ドヤ顔で言うのだ。

「わかってしまいました」

「えっ、何が？」

「母上が元気すぎる理由です。それは、あり余るステータス（天竜以上）を使ってトワイライトヒーリングを発動したためだと思うのです」

「一理ある」

ロキシーが推測したように、それはありえる。グリードの位階奥義はどれも強力なのだ。その中で上位の第四位階となれば、ただ傷を治すだけで収まるはずがない。消費したステータスだって、Eの領域なのだ。

これでただ傷や病気が治るだけなんて、考えが足りなかった。アイシャ様のステータスがすごいことになっていたりしてな。といっても、許可なく覗いたりはしない。それはハート家の使用人だった時から決めていたことだ。

元気すぎるアイシャ様は、俺とロキシーを散々いじった後、意気揚々とパーティーに招待されている人たちへ改めて挨拶に行ってしまった。

「騒がしい母上です」

ロキシーはそれを遠目で見ながらにこやかに言う。

アイシャ様と初めて会った時の病弱な様子など、微塵もない。本来なら、アイシャ様はあの時に亡くなっていたかもしれない。たとえ、神様によって決められた運命だったとしても、俺はその理を破ってしまったことに後悔などない。

今のアイシャ様を見ていて心からそう思ったんだ。

第30話　グリードからの試練

数時間にわたって続いた賑わいも終わりを迎え、パーティーに集まった人々はロキシーとアイシャ様に声をかけて帰っていった。

往生際の悪かったミリアもまた、ムガンに首根っこを掴まれて引きずられていった姿が可笑《おか》しくて、笑ったものだ。ロキシーにとっては、日常の一コマのようで、また明日ねとにこやかに見送っていた。

やれやれ、なんだかミリアに目をつけられてしまった。

今後何かとミリアに絡まれてしまうのではと思うが、でもまあ……やりたい放題なのになぜか憎めない子なので、不思議なものだ。

苦笑いしていると、アーロンが声をかけてきた。

「フェイトよ、悪いが先に帰らせてもらうぞ。この後お城に行かねばならんのでな」

「ああ、メミルの件ですか？」

「明日には屋敷に迎えるつもりだからな。まだ手続きが少し残っているのだ。帰りは明日の朝になりそうだ。メミルを連れて帰って来るから、楽しみに待っているといい」

「……心の準備をしておきます」

「うむ、では儂はこれで。ロキシー、アイシャよ、今日は本当に楽しかった。このようなことをされる時には、ぜひ声をかけてほしい」

俺のそばにいたロキシーとアイシャ様は、お辞儀をしてアーロンと約束していた。そしてアーロンはコートを翻して、屋敷から出ていった。

残された俺がバルバトスの屋敷に帰ろうかなと思っていると、アイシャ様が閃いたような顔をして言う。

「そうなるとフェイトは今日一人でしょ。まだあなたの屋敷には使用人も雇っていないと聞きます。なら、ここに泊まっていきなさい」

「えっ!?　それは……いいのかな」

突然のアイシャ様の提案に困った俺は、ロキシーの顔を見る。ハート家の主は彼女だからだ。

俺はこれでも五大名家の一角になってしまっていたりする。

昔みたいに簡単に泊まっていいよとは言えないかもしれない。なんて……あれこれ考えていた俺を裏切るように、ロキシーはあっけらかんと言うのだ。

「いいですね。どうせフェイのことだから、碌な食事も摂っていないのでしょ」

「うっ……それは」

男二人の大雑把な暮らしだ。アーロンは、お城で白騎士たちと毎日のように会議をしていて、帰りが遅い。俺は、ラーファルが何をしていたのかを寝る間も惜しんで自分なりに調べていた。なのでロキシーが言う通り、このところまともな食事をした記憶がなかった。

だから今回招待してもらったパーティーの食べ物は、身に染みて美味かった。そんな俺に近寄ってロキシーは言う。

「夕食は私が作ります！」

「ロキシーがっ！」

まさか、こんなにも早く機会が巡ってくるなんて。パーティーのときに話してくれたロールキャベツを作ってくれるのだろうか。

使用人をしていた頃から見ていたけど、ロキシーは料理をするよりも剣術の鍛錬をよくしていたのを覚えている。だから話半分くらいに思っていた。

そんな彼女が夕食を作るというのだ。これは驚かないわけがないだろう。

「びっくりしすぎ……これでも頑張っているのですよ。いいでしょう、フェイを更に驚かせてやります」

気のせいか、ロキシーの後ろでメラメラと炎が燃え上がっているように見える。それはともかく、彼女の手料理が食べられるとは嬉しい限りだ。先ほど食べたバーベキューも下ごしらえを手伝ったというし、これは期待できそうだ。

「楽しみにしているよ」

「うんうん、これは力が入りますね」

一体どのような料理が出てくるのだろうか。俺が想像に羽を広げていると、アイシャ様が便乗してきた。

「はい、は～い！　私も参戦します」

「なんで母上が！」

「だって、面白そうだし。ここは母親としての威厳を示す時かなって」

「わざわざこのような時に威厳を示さなくても……」

おや!?　アイシャ様のせいで話が拗《こじ》れてしまい、娘と母親の料理バトルに発展しようとしているぞ。そして、その判定をするのはきっと俺だ。

どちらの方が美味しいというのは、角が立ってしまう恐れがある。なので、二人とも美味しかったと収めるべきだろう。

うん、そうしようと思っていると、見透かされたようにアイシャ様に言われてしまうのだ。

「フェイト、前もって言っておくけど、二人とも美味しいっての駄目よ。どちらが美味しいかをはっきり言うのよ」

「……はい」

「もうっ、母上！」

おっとりとしたアイシャ様としては意外だ。この負けん気の強さは、ロキシーと似ている。やはり、親子なんだなと思わずにはいられなかった。

そんなよく笑っていたアイシャ様だったが、急に静かになってしまう。気がつけば、夕暮れが近くなっていた。いくら良い天気だといっても、太陽が沈んでいけば、忘れかけていた冬の寒さが戻ってくる。

アイシャ様が無言で歩き出す方向へ、俺とロキシーが心配して付いていく。屋敷ではなく、日が沈んでいく方角だった。それだけで、どこに向かっているのかがわかってしまった。

ああ、なぜ気づけなかったのだろうか。アイシャ様がロキシーを驚かせるためにここへ来たと言っていたけど、それだけではなかったのだ。

病気でハート家の屋敷から出ることができない体だった、あの時にはできなかった。そして、元気になった今ならできること。

アイシャ様は夫であるメイソン様の墓前に立つと、静かに口を開いた。

「ありがとうね、フェイト。ここへ来られたのが夢のようだわ。あの人ったら、昔から自分が死んだ時にはこの場所に眠るって決めていたから」

「アイシャ様……」

俺はまた繰り返してしまった。

ロキシーの時と同じだ。ハート家の使用人になれると舞い上がって、彼女の父親が亡くなっているなんて考えもしなかった。様子から何も気づけなかったのだ。

そんな俺の肩にロキシーが手を置く。

「フェイが気にすることは、何もないのです。だって、母上の望みはちゃんと叶えられたのですから」

俺は彼女の手に自分の手を重ねて、深く頷いた。

しばらくすると、アイシャ様は振り向いて、屋敷に入りましょうと言った。いつの間にか、空は分厚い雲に覆われて、雪がちらつき始めている。

「今日は温かいものを作ろうかしら。ロキシーはどうするのかな？」

「私だって、体がうんと温まるものを作ります。母上に負けませんよ」

「剣術では敵わないけど、料理では私から見ればひよっこよ」

アイシャ様はそう言って、ロキシーを挑発してくる。彼女はそれに対して、ムキになって対抗していた。

俺は思う。アイシャ様のこの切り替えの早さは、学ぶべきだ。そこにはステータスやスキルではない、強さがあるはずなのだと。

夕食は、ロキシーとアイシャ様が作った料理を食べることになった。

そして、二人ともが同じ料理というミラクルが起きてしまう。牛乳とバターをたっぷりと使ったシチューだった。温まる料理という発想で、重なってしまうとは……思わず笑ってしまったものだ。どちらが上かなんて、どうでもいいくらい両方ともが美味しかった。

アイシャ様にはきっちりと決めるように言われていたけど、同点なら仕方ない。

始めはどちらが美味しいのか、詰め寄ってきたロキシーとアイシャ様だったが、お互いのシチューを食べている内に納得してくれたみたいだった。

騒がしかった夕食も終わり、大浴場を借りてさっぱりとした俺は、客室にいた。

使用人の時に使っていたベッドによく似ており、綿がしっかりと詰め込まれたものだった。

俺は黒剣グリードをベッドの横に立て掛ける。そういえば、グリードの奴……パーティーが終わってからずっと静かだったな。

いつもなら寝る前になったら、ああだこうだと話しかけてきてうるさいのに、珍しい日もあるものだ。

明かりを消しながら、そんなことを思って目を瞑る。今日はアイシャ様によって、いろいろ振り回されて大変だったな。

彼女に翻弄される俺とロキシーを思い出していると、意識はゆっくりと沈んでいった。

俺は白い空間に立っていた。

ここはよく知っている。最近は頻繁に訪れているので、わからないわけがない。

俺の足元――白い床下は暴食スキルによって喰われた魂たちが叫び泣く地獄がある。この世界という結界を張ってくれているから、俺は暴食スキルからの影響が最小限に抑えられているのだ。

俺を守ってくれている人――ルナの声が聞こえて、振り向くとすべてが真っ白い女の子が立っていた。

「やあ、ルナ」

「こんばんは、フェイト。元気そうね。アークデーモンを喰らうなんて、また無茶をしたわね」

「あの時は、ありがとう。ルナがいてくれなかったら、Eの領域は無理だった」

「素直ね。少しは成長したのかな。ここから全部見ていたし」

「全部⁉　俺にプライバシーはないのか」

どこまで見ていたのだろうか。全部というくらいだから、ラーファルとの戦いから、ロキシーと再会して、パーティーまでだろうか。

考えていると、ルナは予想を超えることを言ってのける。

「フェイトはお風呂に入る時、もう少し長く浸かっていた方がいいよ。一分くらいで出るのでは疲れが取れない。それに、髪を洗った後はトリートメントもした方がいいと思うの」

「うあああああ、どこまで見ているの⁉　そこはいらないでしょ」

「ごめん、暇だったから見ちゃった」

もう見過ぎだから、風呂は関係ないって。頭を抱えていると、盗み見ていたルナに慰められてしまう。

「まあまあ、そんなに気を落とさずに」

「張本人はルナなんだけど！」

「減るものじゃないし、また見るし」

「見ないで！」

ゆっくりと落ち着いて風呂も入れないじゃないか。ルナになんとか、これだけは見ないでくれという了承を取っていると、豪快な笑い声が聞こえてきた。

振り向いた先にいたのは、赤髪をした長身の男だった。偉そうな顔をしているけど、どこか憎めない感じだ。そして、その姿に俺は驚きを隠せなかった。

「なんで、グリードがここに⁉」

「お前とルナが楽しそうにしているから、気になってやってきたわけだ。というのは嘘で、ルナに頼んで、ここへのパスを繋げてもらった。時間はかかったがやっとこうして、また来られたわけだ」

グリードが言う感じから、かなり苦労したように思える。そこまでして、ここへ来た理由はなんだろうか。

聞いてみると、彼は偉そうに言ってのけた。

「そろそろ、俺様が直々にフェイトを鍛えてやろうと思ってな」

第31話　更に高みへ

グリードは手に持った黒剣を俺へ向けてきた。

人型のグリードが、本体である黒剣を持っているという――そのおかしな姿に呆気にとられていると、彼は呆れたように言ってくる。

「ここは、ルナが作り出した精神世界だ。だから、こういった現実ではありえないことだってできる。それに俺様のこの仮初《かりそめ》の姿からして、ありえないだろう。さあ、フェイトも黒剣を取れ！」

「どこに？」

そう言われてもどうやっていいのか、全くわからない。グリードは見かねて、教えてくれる。

「念じてみろ」

黒剣をイメージしてみると……その通りの物が現れたではないか。

俺が持つ黒剣とグリードが持つ黒剣。合わせて二本が並んでいると、これもまた違和感を覚えてしまう。

互いに黒剣を構えて向かい合う俺たちに、ルナが声をかけてくる。

「私はのんびりと観戦させてもらうわね。間近で暴食と強欲の戦いを見られるとはね」

「いい気なものだな。離れていないと巻き込むぞ」

「はいはい、グリードならわざとやりかねないものね」

「ふんっ」

グリードが邪魔者を追い払うように、手でしっしっとしてみせる。そんな偉そうな彼にルナはケラケラと笑いながら、距離を大きくとった。

「これでいいでしょ。素直に危ないから離れていろって言えないのかしらね。はい、いつでもどうぞ」

「ペラペラとうるさい女だな……」

ルナとグリードはどうやら馬が合わない。いつも俺をからかっているグリードが、ルナに弄《もてあそ》ばれていた。その様子がとても珍しくて、俺が思わず笑っていると、

「フェイト、何がおかしい？」

いやはや、滅茶苦茶睨まれてしまったぞ。怖い、怖い……それもまた、普段は黒剣で表

情がわからないグリードなので、新鮮でもある。こんな顔して怒るのか……う〜ん、なるほどね。

「何をじろじろと見ているんだ！」

「ほら、人の姿をしたグリードって珍しいからさ」

「これからしごいてやろうというのに、余裕じゃないか。言っておくが俺様はアーロン・バルバトスのように甘くはないぞ」

「それってどういうこと⁉」

「すぐにわかる。いくぞ」

グリードが黒剣を構えて、鋭い視線で俺を見据えた瞬間、姿は掻き消えていた。

消えた……どこだ。目で全く追えなかった。

そう思った時には、俺の左腕は斬り飛ばされていた。

「ぐあぁぁぁ」

「どうした、これくらいで音を上げるのか。もう左腕は治っているだろ？」

グリードにそう言われて、無くなったはずの左腕を見ると元に戻っていた。痛みもいつの間にか、消えている。

「言ったはずだ。ここは精神世界だと、肉体はないから、斬られても心がある限り元に戻る」

「なんだ。ちょっとびっくりしたよ」

「そうも安心していられないぞ。何度も斬り刻まれていると、心にまでダメージが及んでしまうぞ」

黒剣を再度構えながら、グリードは俺たちの足元を空いている左手で指す。

「そうなったら、お前はここから堕ちていく。暴食スキルに喰われてしまうってことだ」

「マジで……」

「ここまで来てやって、俺様が嘘を言うとでも思うか？」

こういった時のグリードは冗談を言わない。それに、横目でルナを見ると、うんうんと頷いている。

アーロンのように甘くはないという意味は、このことのようだ。グリードの攻撃を受け続けると、死なない精神世界だとしても、俺の心は死んでしまう。

まさか、よりによってロキシーの屋敷に泊まっている時に、こんなことをしなくてもいいじゃないか。

苦虫を噛み潰したような俺を見透かしたようにグリードは言う。

「あえてこの時を選んだ。負けられないよな、フェイト。ここで負けたら、暴食スキルに喰われて暴走したお前が何をするか、わかるよな」

「グリード……お前……」

「嫌ならやめてもいいんだ。どうする、フェイト？」

何たる悪役っぷりだ。グリードの三白眼が、より意地の悪さを演出している。

見かねたルナがそんなグリードに文句を言う。

「感じ悪いぞ、グリード。ブーブー！」

「外野は黙っていろ」

黒剣をブンブンと振り回して、怒ったグリードがルナを追いかけ回そうとする。それを止めるように、俺は黒剣を構えた。

「やるよ、グリード」

「いいね、わかっているじゃないか。お前はそうでなければな。だが、手は抜かないぞ」

「こいっ」

今度は俺から仕掛ける。上段から斬り込みを、グリードは片目を瞑りながら余裕で躱してみせる。まだだ！　これは誘いで、躱す方向を誘導するためのものだ。斬り返して、本気の中段の斬り込みを繰り出す。

それもまた、グリードには届かないようだった。

その本気の斬撃を手に持っていた黒剣で受け止めて、言ってくる。

「お前の剣はまだまだ軽いな。ちょっとEの領域に至ったからって、調子に乗っているんじゃないか？」

「何を⁉」

「言ったはずだ。ここから先は、人外の領域だと……お前はまだその領域に足を踏み入れたに過ぎない。これから、この長い道のりを歩んでいくんだろ、なぁ……そうだろ？」

「グリード……」

黒剣と黒剣を重ねて、手に力を込めて押し合う。ぶつかる刃から、火花が散る。

「お前は、選んでしまった」

グリードの力は一層増していく。少しずつ少しずつ、俺は後ろへと押されていく。

「あいつは違う道を……選んでしまった。この先、お前の歩む道は俺様にもわからない。だが、そんな俺様でも言えることはある」

俺も負けじと、押し返そうと力を絞り出す。押されていたが、ゆっくりと元の位置へと戻していった。グリードはそれに満足したようで、薄ら笑って言う。

「もっと強くなれ、フェイト」

「……ああ、言われなくても、強くなってやるさ」

「そうだ、その意気だ」

俺はマインを止められなかったことを、今でも心のどこかで引きずっていた。ナイトウォーカーの始祖であるシンに手も足も出ない自分の無力さが、痛烈に虚しかったのだ。そして、そんな俺を置いて、先に行ってしまったマイン。

俺は彼女に大きな借りがある。ガリアへ向けて一人旅をしていた時の心細さを埋めてくれたのは彼女だった。

あの時は、今以上に暴食スキルが抑え込めずに焦っていた。そんな俺に、同じ大罪スキル保持者がそばにいてくれるだけでも、救われていたんだ。

マインは口数が少ないけど、旅の道中は何かと俺のそばにいてくれたのをよく覚えている。あれが彼女なりの優しさだったのだろう。

そんな彼女に、俺はガリアの地でもし暴食スキルが暴走して我を忘れてしまったなら、殺してほしい……なんて馬鹿なお願いをしてしまった。

本当に酷いことを言ってしまった。天竜を倒して、再会した時にあの時のことを、彼女へ平謝りしたものだ。

でもマインから返ってきたのは、「良かった」という短い言葉だった。別に俺を責め立てることもなく、無表情な彼女らしくなく少し嬉しそうにしていた。

俺は忘れることができない。シンを追う彼女から聞いた最後の言葉が「ごめん」だなんて……マインらしくない。

初めて聞いた謝罪の言葉が、別れの言葉になってしまうのは、辛かった。その言葉を言わせてしまった無力な自分が惨めだった。

グリードはわかっているのだ。だからこそ、俺を鼓舞するために、柄にもなくルナに頼んでこのような場を設けてくれた。ここまでしてもらって、応えないわけにはいかない。

「俺はもっともっと強くなる！」

拮抗していたグリードの黒剣を押しのけて、言い放つ。

「ハハッハッ、なら口だけではないことを見せてもらおう」

「こいっ、グリード」

ここは精神世界だ。視覚だけに頼っていては、グリードのスピードには追いつけない。あらゆる感覚を開放して、集中するんだ。

グリードがまたしても、目には見えない速さで動いてくる。そのことに惑わされずに、今まで戦ってきたことを思い出す。これまで戦いの経験は無駄じゃない。

死角から振り下ろされた剣撃を、黒剣で受け止めてグリードに言ってやる。

「どうした、慣れない人の姿でバテてきたんじゃないか？」

「言うじゃないか、ではこれでどうだ！」

後ろへ大きく飛び退きながら、グリードは黒剣から黒弓に変える。

「えっ、それもできるのか⁉」

「当たり前だ。フェイトにできることは俺様にもできる。これで驚くのはまだ早いぞ」

「嘘だろ……」

「本当、本当！　うまく防げよ」

グリードが持っている黒弓が、禍々しく巨大化していったのだ。まさかの、第一位階の奥義《ブラッディターミガン》である。

よく使うからわかる……こんなものを放たれたら、消し飛ぶぞ‼

焦る俺を見てニヤリと笑うグリード。マジで放つ気満々だ。

「この人でなしが！」

「よくわかったな。俺様は人ではない、武器だ」

「そういう意味じゃない」

「それっ、でかいの一発いくぞ」

「うあああああぁぁぁ、でかすぎるって。無理無理無理」

「無理じゃない！」

グリードの修行に慈悲はない。冗談抜きで撃ってきやがった。

間一髪。黒盾に変えて、ブラッディターミガンをなんとか防いでみるものの、尋常ではない威力にはるか後方へ飛ばされてしまう。

これほどの威力があったのか……危うく蒸発するところだった。いつも放つ側にいたからわからなかった。

この野郎、人が大人しく普通に戦っていたら、無茶苦茶な攻撃を平然としてきやがって！

俺だって、やってやる。黒弓に力を込めて、植物を成長させるように形を変貌させていく。そして、この時気がついたのだ。この精神世界では、ステータスの消費がないことに。まあ、現実世界ではないので、当たり前なのかもしれない。

ということは、撃ち放題である。

「グリード、覚悟しろよ」

「フェイト……なんて大人げないことを」

「お前だけには言われたくない」

連射である。普段はステータスを消費してしまうので、このようなことをしたことがない。なので、すごく気分がいい。

グリードが黒盾にして、逃げ回るのに撃って撃って撃ちまくる。なかなか、的が素早いぞ。

動きを読んで、狙わないと……。ここだ！

あっ、しまった!!

「きゃああああぁぁ」

離れた位置で観戦していたルナをグリードと一緒に巻き込んでしまったのだ。

爆風が掠めて、転んだ程度だったのだが、ルナは真っ赤な瞳をメラメラと燃やすように怒っていた。

「二人で戦うのはいいけど、私を巻き込まないで！　そんなに、私とも戦いたいのならいいわよ。戦ってあげようじゃない」

「「ふぁ!?」」

俺とグリードは、心底意味がわからないですという声を上げた。

馬鹿面を並べる俺たちに向けてルナは、ニッコリと微笑みかけると指を鳴らした。

すると、真っ白な地面から、ゆっくりと巨大な異形の魔物が現れた。それは金属性のパイプで無理矢理いろいろな魔物を継《つ》ぎ接《は》ぎにしたような形をしている。

六本の大きな足で地面を揺らし、背には四枚の翼が……。そして頭には天使を思わせるような輪が浮かんでいた。

「『ハニエルだ!!』」

俺とグリードはまさかの機天使ハニエルの登場に震え上がる。こんなものをわざわざ呼び出すなんて、ルナは相当怒っているということだ。

ルナはハニエルの頭の上に立って言う。

「言っておくけど、この世界は私が構築しているのよ。ということは、ここでは私は神みたいなものってこと。そして、このハニエルもここでは無敵だからね。安心して、朝まで生き残れていたらいいだけ！　では、いってみよう」

のっしのっしと近づいてくるハニエル。それを見て、グリードは俺に言う。

「フェイト、行ってこい。良い修行になる。俺様はここで見ておいてやる」

「お前も戦うんだよ。じゃないと、朝までもたない」

「わかった、わかったって。剣先で突っ突くな、地味に痛いだろがっ！」

俺とグリードは共に、黒剣を構えて頷き合うと、ルナが操るハニエルへと駆けていく。

ありがとう、みんな……。

グリード、ルナの気持ちを裏切らないために俺は、もっと上を目指すんだ。

第32話　新たな使用人

よく知った声が俺の名を呼んでいる。

凛としたその声がとても心地よく、まどろみの中にい続けたい気持ちになってしまう。

「フェイ、フェイ……フェイト・バルバトス!!　起きなさい!!」

「ふぁ!?」

フカフカのベッドで目を覚ました俺の前には、ロキシーが少々困った顔をして立っていた。そういえば、昨日ロキシーの屋敷に泊まらせてもらったのだった。眠ってすぐに、ルナによって精神世界に誘われて、そこでグリードと訓練を受けていた。

眠る時は疲れを取るものだが、きついしごきによって更に疲れてしまい、起きるのが遅くなってしまったようだ。だから、いつになっても起きてこない俺を見かねて、ロキシーが起こしに来てくれたのか。

「名前を呼んでも、全く起きないのですから。フェイは相当疲れていたようですね」

「夢の中でグリードが特訓をつけてやるって言うから、大変だったんだ」

「まあ、それは仲が良いことで羨ましいです。でも、今日だけは早く起きた方がいいですよ。大事な日ですし！」

「大事な日……」

う〜ん、起きたばかりでうまく頭が回らない。すごく大事なことだけはわかる。

そんな俺の額に優しくデコピンをして、ロキシーは言う。

「アーロン様がもうすぐあなたの屋敷に戻ってくる頃だと思いますよ」

「戻ってくる……アーロンが戻ってくる…………あっ⁉」

「やっと、わかったみたいですね。では、私が言う大事なことはなんですか？」

「メミル・ブレリックが今日……養子としてバルバトスの屋敷にやってくる」

「はい！　そうですっ！　そんな眠そうな顔をしていてはいけません。当主らしくしないとっ！」

確かに……ロキシーの姿を見れば、言いたいことはよく伝わってくる。ビシッとしていて、元使用人から見ても頼りがいのある当主様の風貌《ふうぼう》だ。この雰囲気を俺も目指さないといけないわけか。

「良い顔になってきましたね。それではまず朝食を食べましょう。腹が減っては戦はできぬです」

「戦なの⁉」

「フェイにとっては、それくらいかなと？　外れていましたか？」

「大体あってます」

案外、グリードが昨日の夜に俺に訓練と言って会いにきたのも、この件で内心俺が緊張していたのをわかっていたからかもしれない。俺一人だけで考えてもどうにもならないことだから、とりあえず暴れて発散するか……なんてグリードらしい感じがする。

俺はベッドの端に立てかけられた黒剣グリードを横目で見る。何か言いたそうにしている気がするけど、今はロキシーの言う通り、朝食だ。

すると、お腹がぐぅ～と鳴ってしまう。これは暴食スキルの飢えではなく、俺の体が食事を欲しているのだ。昨日は久しぶりにまともな食事をいただいた。そのおかげで、調子が戻ってきたようだ。

「うん、いただくよ。もしかして、朝食をロキシーが作ってくれたの？」

「そうですよ。でも別に、作ったのに……フェイが全然起きてくれないから、いても立ってもいられなくて起こしに来たわけではないですから」

「ああ、そういうことだったんだね。ごめん」

「ちょっと意地悪っぽく言っちゃいましたね。こちらこそ、ごめんなさい。では、食堂で待っていますから、支度が終わったら来てください」

ロキシーは優しく言うと、部屋を出ていった。

静まり返った広い客室には、俺と黒剣グリードのみが残された。さて、着替えますか。

手早く着替えて、身なりを整える。そして、ベッドの横に立てかけてあったグリードを取り上げて、腰に下げようとするが。

『朝から鼻の下を伸ばしやがって、だらしない。ロキシーに起こされたくらいで喜びやがって』

「なんだよ。いいだろ、喜んでも。嬉しかったんだし」

『あまり浮かれていると足を掬われるぞ。これは毎晩お前をしごいてやる必要がありそうだな。日中あんな感じでは、いかん。実にいかんぞ。夜間にバシバシしごいてバランスを取らなければなるまい。それに……』

「はいはい、お手柔らかにな。準備ができたから行くぞ」

『おいっ、コラ！　話は終わっていないぞ』

グリードは変に心配性なところがあるからな。だが、そのお小言は朝食の後に……いやメミルに会った後に聞いてやるよ。

部屋を出て、食堂に向かう。元使用人だから、どこに何の部屋があるのか、目を瞑っていても行けるくらいだ。本当に目を閉じていたら、すれ違う使用人たちとぶつかってしまうけどさ。

食堂は厨房の近くにあるから、この長い廊下の先だ。そう思って歩いていると、使用人の上長さん——ハルさんが俺を見つけて近づいてきた。

「やっと起きられたみたいですね。私が起こしに行っても全く起きませんでしたのに……ロキシー様だとすぐに起きてしまうんですね」

「みっともないところをお見せしました。どうしたんですか？」

「ええ、先ほどお城への用事から帰ってきたところなのですが、そこでアーロン様にお会いしました。フェイト様がこの屋敷に泊まっているとお伝えすると言伝を頼まれまして」

「どのような？」

「屋敷に戻ってくる予定が少し遅れそうだと言っておられました。でも昼前までには戻られると」

「ありがとうございます」

「引き止めてしまい、申し訳ありません。ロキシー様が食堂でお待ちです」

わざわざ上長さんが俺を食堂まで案内してくれる。忙しい人なので、自分で行けると言ったのだが、大事なゲストだからと案内役をかって出てくれたのだ。

「着きました。さあ、中へどうぞ」

ここまで案内してくれた上長さんにお礼を言いながら、開かれたドアの中へ入った。

中はすぐに懐かしいという言葉が浮かんできた。ハート家では、週一度は使用人たちと当主様が一緒にこの食堂で食事をするのだ。

あまり食べられなかった肉料理が出た時は、嬉しくなってモリモリと口に運んでいたら、ロキシーを含めて使用人たちに笑われたのを思い出す。

屋敷中の使用人たちが一度に座れる大きなテーブルの上には、サンドイッチが二人分置いてあった。

そして、ロキシーが席に着いており、やってきた俺を見て微笑んでいた。

「フェイ、こちらへ」

彼女の隣の席に着いた頃には、食堂のドアは閉まっていた。つまり、今ここにいるのは俺とロキシーだけだ。

『俺様もいるぞ』

おっと邪魔者がいたか。俺は腰に下げていた黒剣を外して、隣の空いた席に立てかける。

これで静かに食べられそうだ。

「サンドイッチだね。ハムサンドとタマゴサンドだ。美味しそう！」

「頑張って作りました！　本当を言うと、母上にも手伝ってもらったんですけど」

「それでも、うん！　美味しそうだよ。食べてもいいかな？」

「どうぞ、どうぞ」

「では、まずはハムサンドから」

彼女の期待する目で見られる中で、食べるのは少し緊張した。だけど、サンドイッチを口に入れるとその緊張も嘘のように消えていった。

ぱさついてなく、適度にしっとりとしたパンにバターが塗られており、香りの良いハムとシャキシャキとしたレタスが挟まれている。それらは酸味がかったマヨネーズによって味付けされていて、いくつでも食べられそうだ。

「すごく美味しいよ！」

「良かった！　まだまだありますから、どんどん食べてください。フェイはよく食べますものね」

ロキシーは自分の分まで俺の皿へと持ってこようとする。

「そんなには食べられないよ。ロキシーの分がなくなっちゃうよ」

「実は沢山味見をしてしまって、結構お腹がいっぱいだったりするんです」

「えっ、そうなの？」

「そうなんです！　困ったことに」

ロキシーは何気ないように言って、俺を見つめてきた。うん、これは気にせずにどんどん食べてほしいということか。

「よしっ、お言葉に甘えて！　今度はタマゴサンドをいただきます！」

「はいっ、どうぞ！」

この感じ……懐かしいな。使用人としてハート家で働いていた頃を思い出す。あの時とは立場が違ってしまったが、今も変わらず同じように接してくれる。そんな彼女に感謝の気持ちでいっぱいになった。

そして、気がつけばお腹もいっぱい！　ロキシーが作ってくれたサンドイッチは相当な量で、ズボンのベルトを緩めるくらい食べてしまった。

この分なら、昼食は食べなくても腹持ちしてしまうかもしれないぞ。

紅茶を飲みながら、しばしの談笑となった。俺は先ほど、ハルさんから教えてもらったことをロキシーに伝える。

「そうなのですか。アーロン様がお戻りになるのが少し遅れるのですね」

「時間ができたから、屋敷の掃除をしながら、待つことにするよ」

「私も手伝いたいところですが、お城に呼ばれていて……」

「俺に気を遣わずに。昨日はパーティーに招待された上に、泊まらせてもらったし。それに朝食まで！　これ以上は罰が当たっちゃうよ。聖騎士のお仕事を頑張って！」

「フェイも聖騎士でしょ？」

「あはは っ、そうだったね」

ハート家で彼女とこんなことをしていると、使用人だった頃に戻ってしまったような感覚になってしまう。

笑って誤魔化しながら、残った紅茶を飲み干した。


朝食を終えた俺たちは共にハート家の屋敷を出た。ロキシーはお城でのお仕事。俺はアーロンが戻ってくるまでに、屋敷の掃除だ。

五大名家の屋敷だけあって部屋数が多く、すべてに手が回っていない。長年、放置されてきたことによって、雨漏りで腐った床や、歪んでしまったドアもあるし、やることは沢山だ。

すぐ隣にあるバルバトスの屋敷の前まで来て、ロキシーとはここでお別れだ。

「ありがとう、また明日」

「ええ、また明日。メミルに挨拶するために、伺いますのでよろしくお願いします」

「ああ、彼女にも伝えておくよ」

「それでは」

互いに手を振って、ロキシーはお城に向かって歩いていった。その後ろ姿はいつ見ても格好良い。

ずっと見ているわけにもいかないので、早速屋敷の掃除に取りかかった。

まずは玄関のドアかな。元々傷んでいたこともあったが……マインが乱暴に開くものだから、ドアが外れそうになっていた。取り替えたほうが良いくらいだ。

「それまでの間、応急処置をしておくか」

この前、商業地区へ買い物へ行った時に、釘と金槌を買ってきておいた。たしか……玄関を開けてすぐにある大広間に買ってきた木材と一緒に置いておいたはずだ。

俺は見つけた釘と金槌を持って、扉の修理を始める。前住んでいたスラム街では壊れたら、自分で直すのが当たり前だった。

なのでその習慣から、自分でできそうな範囲はコツコツやろうと思っていたが……規模が大きな屋敷は手が回らないな。

「そろそろ大工さんに頼んで本格的な改修をお願いしないとな」

『今頃気がついたのか。フェイトは貧乏性だからな。ガリアにいた頃の豪遊を思い出せ！ちなみに俺様の鞘は金貨500枚でできているぞ』

「向こうは物価がインフレしまくっていたからだろ。今が普通なんだよ！」

グリードは欲望を満たすためなら、お金なんて気にしないからな。今はハウゼンの復興で、沢山のお金が必要なのだ。

倹約しておかないと、できることもできなくなってしまう。

「こんな感じかな」

直したドアを開けたり、閉めたりしてみる。蝶番《ちょうつがい》を替えてみたからいい感じだ。油を少しだけさしておけば、長持ちするだろう。

よしっ、次々いくぞ！　ずっと悩んでいたことが解消されて、今日はやる気がみなぎっているのだ。

俺はそれから、屋根を修理したり、腐った床を取り替えたりとせっせと修理していった。

気がつけば、太陽が空高く昇っていた。

「そろそろ昼になりそうだな」

『フェイト、戻ってきたぞ』

「ああ、そうだな」

大きな魔力が二つ、俺がいる屋敷の方へ近づいてくる。一つはよく知っているアーロンだ。

そうなると、もう一つはメミルだろう。

ラーファルの実験によって、彼女はステータスでは聖騎士でもトップクラスの力を身につけてしまっていた。

俺は修理の作業を中断して、アーロンたちが戻ってくるのを静かに待った。

『緊張しておるな。フェイトよ』

「高みの見物的な、その上から目線はやめろ！」

『ハハハッ、俺様は実際のところ関係ないしな』

「この野郎……」

黒剣を小突いていると、屋敷の玄関のドアが開かれた。

まずはアーロンが入ってきて俺に声をかける。

「待たせたな、フェイト。ハルさんに伝言をお願いしていたが、うまく伝わったようだな」

「はい、お城の用事が長引いたんですか？」

「いやいや、そうではない。メミルの服を選んでいたら時間がかかってしまったのだ」

「服？　えっ⁉」

「まあ、見ればすぐわかることだ。入ってきなさい、メミル」

「はい」

アーロンに呼ばれて入ってきたメミルの変わりようを見て、俺は驚いてしまう。

聖騎士だった頃の、相手を圧倒するようなものはすっかりと消え失せていて、彼女の薄紫色の髪によく似合う可愛げなメイド服を着ていた。フリルがハート家のメイドが着ているものよりも多く付いている。これは……アーロンがこだわったという結果なのだろうか。それともメミルの趣味か⁉

今まで彼女が着たこともないだろう……全く見たこともない服装。そして、大人しそうな雰囲気に俺のさっきまでの心構えも、頭の中からどこかへ飛んでいってしまう。

そんな俺に、メミルはきれいに一礼をして言う。

「今日から、お世話になります。お兄様」

頭を上げた時にふと見せた表情。俺がよく知っている小悪魔のような笑みに一抹の不安を感じたのだった。

あとがき

お久しぶりです。一色一凛です。

とうとう文庫版の第四巻！　私としては、あっという間でした。

ブレリック家との因縁に決着をつける巻であり、ロキシーの母親であるアイシャ襲来の巻でもあります。

まずは、ブレリック家。第一巻からずっと保留となっており、作者としてもここで決着したいと思っていました。

フェイトがガリアで大暴れしていた頃に、ラーファルは未知の力と接触して新たな力と武器を得ます。それを持ってフェイトに襲いかかります。そして、第三巻であれほど特別感があったEの領域が……。

第四巻になるとあれよあれよと、その領域に踏み込んでいく人たち！　インフレを感じていただけたのなら、まさにその通りです。

やっとEの領域に達した者たちの戦いが始まったという感じです。バトルシーンは書くのが、とても楽しいです。

王都を陥落させようと大暴れしたラーファルとの因縁は、一旦ここで終わりです。

その後、平穏な日常を取り戻したフェイトのもとに、突然のアイシャ襲来。

このような話は、今までの暴食のベルセルクには少なかったかなと思っています。

ロキシーとアイシャは、親子ながら性格はかなり違っています。ロキシーは真面目ですが、アイシャは自由奔放。

そんな母親に、ロキシーはいつも振り回されてばかりです。ちなみに亡きメイソンも真面目な性格なので、ロキシーは父親似なのでしょう。

今回はアイシャの思い付きにフェイトも巻き込まれました。

おそらく今後も、巻き込まれることでしょう。彼はそういった星の下に生まれた男です。

さて、第四巻の思い出話も続けていきたいところですが……。

このあとがきは前回と同じように……いや前回を超えるページ数なのです。

なんと九ページです！　短編を一話くらい書けてしまうのではと思うほどの長さです。

やはりここは、暴食のベルセルクの登場人物たちを召喚してページを消化していきたいところです。

誰にしようか、かなり悩みました。前回登場したフェイトとマインはなしとして、誰が適任なのか……休日の間ずっと考えていました。

その答えが……アーロンとエリスです！　ここからは、その二人に一色を加えてお送りします。

一　色「では、アーロンさん、エリスさん。よろしくお願いしまーす！」
アーロン「これはお招きいただきありがとうございます。まさか儂が呼ばれるとは」
エリス「あのぉ……ちょっといいかな？」
一　色「何でしょうか？」
エリス「なぜ、三巻のあとがきでマインが呼ばれて、ボクは呼ばれなかったのかな？」
一　色「ど、どこで知ったですかっ？」
エリス「マインから聞いたんだよ。あの子はいつもそうっ。ゴーイングマイウェイのくせに、なぜか美味しいところをすべて持っていくんだ！　ボクとどこが違うというんだ……」
一　色「う～ん。登場が遅かったからでしょうか」
エリス「ガーン」
一　色「アーロンさん。黙っていないで、一応エリスさんは王女様なので、家臣で

　　　　　あるあなたが慰めてあげてもらえますか？」
アーロン「儂かっ！　うむ……と言っても、ほとんど面識がなかったからのう。なんと声をかけてよいのやら。おっ、そうだ。エリス様に聞きたいことがあったのだ」
一　色「それは一体？」
アーロン「フェイトを連れて王の間で謁見した時、エリス様は王座に座られていたのかを知りたかったのだ」
一　色「エリスさん。アーロンさんに教えてあげてもらえますか？」
エリス「はぁ……あの時のことかい？」
一　色「どうしたんですか？　浮かない顔をしていますよ」
エリス「実はね。フェイトが謁見に来たときに、正体を表す手筈だったんだよ」
アーロン「なんと!?」
エリス「それがね。フェイトと他の聖騎士が、王の間で大暴れするし。更には、白騎士たちがランチェスターを殺しちゃうし。もうめちゃくちゃさ」
アーロン「……儂が居ながら申し訳ありません」
エリス「あんな惨状で、ボクが王女様でした……なんて言えると思う？」

アーロン「息子が誠に申し訳ありません」
エリス「登場するタイミングを完全に失ったボクは、ラーファルが大暴れしてやっと機会を得たというわけさ」
一色「ついてないですね。エリスさんは、ステータスにもし幸運値があったら、相当低そうな予感が……」
アーロン「儂も同意だ。ですが、ラーファルが変貌して、アンデット・アークデーモンになった際には、これ以上ない登場でしたぞ」
エリス「そうかな」
アーロン「そうですとも、自信を持たれたほうが良いですぞ」
エリス「なんだか、いい気分になってきたよ。それに、マインはどこかに旅立ってしまったことだし、これからはボクがメインヒロインとして活躍が約束されているようなものだね」
一色「……」
エリス「んっ⁉　無言⁉」
アーロン「……」
エリス「アーロンまでなぜに⁉」

一　色「メインヒロインは、ロキシーですが……」
エリス「なんだって！　それはどういうことなのか。城の牢獄で尋問しなくてはいけないようだね」
一　色「そんなことをしても、ロキシーがメインヒロインなのは、揺るがないと思いますけど」
アーロン「うむ。エリス様、諦めも肝心だ」
エリス「いやいや、第五巻で盛り返せるはず。それにロキシーがメインヒロインと言うけど、彼女はなんだかんだいって、それほど多く登場していたかな?」
アーロン「そう言われるとそうですな。だが……」
一　色「登場の機会が少なくとも、主人公（フェイト）にとって揺るがない存在感がある。それが……メインヒロインというものです！」
エリス「ぐふっ（吐血）」
アーロン「大丈夫ですか⁉　エリス様っ！」
エリス「君もボクを追いやったくせに、ぬけぬけと……」
アーロン「申し訳ありません。ですが、紛うことなき真実ゆえ」
エリス「ぐはぁっ（大吐血）」

一　色「アーロンさん。謝罪をしながら、追い打ちをかけるとは……さすが剣聖ですね。隙がない」
アーロン「いやはや、それほどでもないですぞ。如何せん、これからエリス様のヒロイン力を上げるには、どうしたらいいものやら。ロキシー、マインにかなりの後れを取っていますからな」
一　色「どうしたものやら……」
エリス「三人寄れば、なんたらの知恵って言うからね。せっかく、このような場が設けられたからには、良い答えをぜひ出してもらいたいね」
一　色「他力本願!?　色欲スキルの使い手なのだから、エリスさんこそ良い案を持っていそうなのに」
エリス「ほら、ボクって色欲スキルの魅了で、老若男女を問わずに愛されてきたから、それが効かない相手にはどうしたらいいのか、まったくわからないんだよ」
アーロン「……困ったお人だ。ここはまずフェイトを食事にでも誘ってみては、どうですかな」
エリス「やだよ。恥ずかしい……」

一　色「変なところで、恥ずかしがり屋だっ。そんなあられもない衣装を着ている人が言うセリフではないっ！」
エリス「服は大胆。心はナイーブなのさ！」
アーロン「これでは打つ手なしですな」
一　色「そうですね。今回はここでお開きにしましょうか」
アーロン「うむ。良い出会いであった。また機会があれば、ぜひに」
エリス「ちょっと待って！　まだまだ続くよ。ボクのメインヒロイン力を上げ終わってないからっ」
一　色「ここで上げようとしないでください。さすがに図々しいです！　まずは当面の目標を決めましょう」
アーロン「良い案だ。目標なくして、努力の方向性もわからないからな」
エリス「う～ん。それじゃあ、マインの人気を超えることっ！」
一　色「……」
アーロン「……」
エリス「ちょっと、なんでまた無言なの⁉」
一　色「大変難しい問題ですね。すでに勝敗は決していますね。戦いを挑む前に負けている感じです」

アーロン「負け戦というやつだな」

エリス「そこまで……」

一色「とりあえずは、アーロンの人気に追い付くことで」

アーロン「エリス様、地道に頑張りましょう」

エリス「なんでえええぇぇっ」

ということで今回はアーロン、エリス、一色によるスリーマンセルでした。少しでもお楽しみいただけたら幸いです。

コミカライズは滝乃大祐先生に引き続き連載していただいております。只今、小説版5巻の内容を描かれています。ここは原作者としても、力を入れていたところなので毎月読むのを楽しみしております。

最後に、文庫化に合わせて新しいカバーイラストをfameさんに描いていただきました。いつも魅力的なものをありがとうございます。また、サポートしていただいた担当編集さん、関係者の皆様に感謝いたします。

では次巻で、またお会いできるのを楽しみにしております。

ファンレター、作品のご感想をお待ちしています!

【宛先】
〒104-0041
東京都中央区新富1-3-7　ヨドコウビル
株式会社マイクロマガジン社
GCN文庫 編集部

一色一凛先生 係
fame先生 係

本書はWEBに掲載されていた物語を加筆修正し書籍化した作品を、改題のうえ文庫化したものです。
この物語はフィクションであり、実在の人物、団体、地名などとは一切関係ありません。

GCN文庫

暴食《ぼうしょく》のベルセルク
～俺《おれ》だけレベルという概念《がいねん》を突破《とっぱ》して最強《さいきょう》～④

2022年6月26日　初版発行

著者　一色一凛《いっしきいちか》

イラスト　fame《ふぇーむ》

発行人　子安喜美子

装丁／DTP　横尾清隆

校閲　株式会社鷗来堂

印刷所　株式会社エデュプレス

発行　株式会社マイクロマガジン社
〒104-0041　東京都中央区新富1-3-7　ヨドコウビル
［販売部］TEL 03-3206-1641／FAX 03-3551-1208
［編集部］TEL 03-3551-9563／FAX 03-3297-0180
https://micromagazine.co.jp/

ISBN978-4-86716-308-5 C0193